Les chroniques nocturnes de Jim Wright

Xavier Pouchon

Les chroniques nocturnes de Jim Wright

Roman

LE LYS BLEU
ÉDITIONS

ISBN : 979-10-422-0237-8

Chapitre I

Jamais Jim n'aurait pensé que les événements puissent tourner de cette manière, et qu'il se retrouverait dans cette situation fâcheuse, lui un sympathique gars vivant dans le sud de la France, dans la commune de Nice, apparemment sans histoire et cherchant simplement à faire preuve de bienveillance auprès de toutes les personnes rencontrées sur sa route. Un homme réservé, mais ayant tendance à faire confiance un peu trop aveuglément sans se soucier parfois des suites de ses paroles ou de ses actes.

Il menait une existence normale, loin des soirées de la communauté gay. Non pas qu'il se sente attiré par ce milieu ou par ces rencontres au hasard, ces créatures de la nuit, même si étant curieux et désireux de connaître d'autres modes de vivre, pour sans cesse stimuler et inspirer son esprit, pour sans cesse pouvoir communiquer.

Étant célibataire de surcroît depuis plus d'un an, après une terrible séparation d'avec son compagnon qui avait partagé quelque dix ans de sa vie, il n'avait plus personne qui l'attendait à la maison, donc était libre de ses faits et gestes, mais il refusait de participer à ces fêtes mondaines qui puaient le faux semblant et exacerbaient dans le paraître, sauf obligations professionnelles. Il préférait croiser le chemin de personnes vraies, et se sentant bien dans leur apparence qui n'avaient pas besoin de jouer un rôle.

Malgré toutes les contraintes qu'il s'imposait, son métier de journaliste curieux l'incitait à se rendre spectateur de toutes ces beautés masculines, sentant la naphtaline au travers de leurs tenues vestimentaires extravagantes. Il aimait se retrouver dans les bars de la capitale azuréenne, dans des positions parfois très compromettantes, côtoyant ces backrooms lugubres propres aux échanges de caresses et de relations sadomasochistes, et sexuelles, où les noms et prénoms des protagonistes disparaissaient derrière des pseudonymes pour éviter les travers dans leur vie professionnelle. Ils devaient se méfier des réseaux sociaux apparaissant comme des vecteurs de diffusion de photos malencontreuses pouvant tomber entre des yeux peu enclins à la fanfaronnade et à la différence des genres. Une existence d'oiseaux de nuit requérant la plus grande discrétion.

Jim ne demandait jamais les coordonnées de ses contacts, ne cherchait pas à les avoir non plus. Car ce détail ne requérait aucune importance. Ces êtres nocturnes noctambules, ces hommes ou femmes rencontrés, acceptaient de se livrer avec justesse pour raconter leurs vérités, pour décrire leurs plaisirs et leur désespoir, pour parler de leur état d'esprit dans une société intolérante, méprisant les différences, pour évoquer leurs attentes, leurs peines ou leur blessure de cœur. Il souhaitait simplement pouvoir en connaître un peu plus sur leurs vies, sur leur motivation, sur leur profession aussi, nombre exerçant une activité lucrative, loin des standards de la vie diurne. Comme un pacte passé avec ses clients d'un instant, dont il respectait la vie privée, il transformait les noms dans ses articles divers, qui n'avaient d'autre but que de mieux faire connaître des pans de cette société moderne, inconnus de beaucoup, convaincu que chacun avait une place à faire valoir, et totalement libre de pouvoir exprimer ses fantaisies comme il l'entend. Chaque être humain est maître de ses propres émotions et ressentis, et aucune société n'a le droit ni le devoir d'exiger un modèle de comportement, sous prétexte que cette personne ne rentre pas dans certains critères sociétaux établis par des sociologues loin de posséder la science infuse, de par leur apparence ou leurs choix sexuels.

Jim repensa l'espace d'un court instant à toutes ses années passées à battre le pavé, à tous ses articles qui ne lui avaient apporté que de la satisfaction, à toutes ces rencontres fabuleuses qui avaient animé le cours de son existence, alors qu'il venait à peine de s'éveiller d'un sommeil profond avec d'atroces douleurs à la tête, dans les bras et les jambes. Il se retrouvait présentement en sous-vêtement moulant attaché par un nœud d'apparence solide au radiateur d'une chambre sordide d'hôtel, tout mouvement ne faisant que lui entailler les poignets un peu plus, et provoquant des décharges électriques dans tout son corps en l'occurrence affaibli. Il ne se souvenait pas des dernières minutes ayant précédé son enlèvement et sa séquestration.

À quelles fins une telle manœuvre avait été orchestrée à son attention, lui n'appartenant pas à un cercle vertueux de nantis de la région, n'ayant aucune fortune personnelle susceptible de faire part d'une demande de rançon. Un bon gars, honnête, un amoureux de la vie simple, trouvant son bonheur personnel et son épanouissement au sein de ces contacts noués, même si fugaces, comme le temps inexorablement qui passe, qui lui servaient de supports intéressants pour ses articles. Comment diable avait-il pu dès lors se retrouver être la cible de quelques malversations, ou bien d'un quiproquo, et se retrouver dans cette situation désavantageuse ? Ayant toujours mis en avant son devoir de réserve, et ayant comme principe de protéger le secret de ses sources.

Jim avait su saisir cette véritable nouvelle opportunité, en ayant assez de raconter des faits divers. Son rédacteur en chef, John Ashton, lui avait une proposition qu'il ne pouvait pas refuser, estimant qu'il était aussi le meilleur de la rédaction pour aborder ces sujets. John le suivait dans sa démarche, et les ventes du journal s'en étaient retrouvées augmentées. Jim tenait une chronique quotidiennement, faisant preuve d'aisance et d'un perpétuel renouvellement dans la manière d'aborder ses sujets, pour éviter de tomber dans la routine et dans les banalités. Il traitait désormais le sujet délicat de l'intégration de certaines communautés invisibles dans la société, communautés minoritaires qui avaient des modes de vie considérés comme pervers par une grande majorité de la population ignorante, se basant uniquement sur des préjugés. Ainsi des fragments d'une existence aveugle au commun des mortels, parce que se déroulant de nuit, trouvaient leur lectorat, qui demandait davantage de connaissances et d'éléments pour se faire leur propre opinion sur des sujets sociétaux qu'ils occultaient totalement. Parce que Jim possédait l'art de stimuler les esprits par son phrasé impeccable et sa justesse, grâce à la retranscription minutieuse des écoutes attentives qu'il effectuait. Il ne procédait jamais à des enregistrements audios de ses conversations, pour conserver la confidentialité des dialogues, juste ses carnets de notes qu'il remplissait de mots clés et d'expressions diverses caractéristiques des différents milieux qu'il côtoyait au cours de ses missions.

Jim était honoré de travailler sur de tels sujets, et il s'investissait durement pour convaincre son patron de la manière dont il menait ses opérations. Il ne comptait guère sur son propre sex-appeal pour faire un effet immédiat et pour convaincre le rédacteur en chef. John Ashton était certes un homme d'une cinquantaine d'années, brun ténébreux, fort séduisant avec cette barbe toujours bien taillée et ses cheveux aux tons poivre et sel, coupés courts. Absolument pas un homme attiré par le regard d'un autre homme, dans le sens attraction sexuelle, un homme marié depuis une quinzaine d'années avec une ravissante femme, avec laquelle il semblait en harmonie totale comme au premier jour. La verve de Jim, la manière dont il avait présenté le sujet qui lui était proposé, et l'intérêt qu'il pourrait trouver à développer une telle rubrique avaient cogité dans l'esprit de John tout droit sorti d'une grande école de journalisme, qui ne voyait que l'intérêt économique du journal, dans son développement, et surtout sa pérennité. Car les lecteurs avaient besoin d'une chronique sociale d'un genre particulier traité avec délicatesse et respect dont le journal pouvait faire défaut parfois, trop conventionnel dans le traitement des sujets quotidiens.

Jim n'avait jamais manifesté, que ce soit à l'occasion d'un brunch ou en réunion de travail à deux, le moindre geste ou mot déplacé à l'encontre de son patron et ami John, et pourtant les occasions avaient été nombreuses d'engager la conversation sur le thème de l'attirance physique, se sentant au contact de son patron comme un aimant poussé inéluctablement vers lui. Mais il était bien trop respectueux de la vie amoureuse et de l'être humain, et surtout estimant que seuls le travail et la motivation qu'il y mettait pourraient faire la différence, auprès de celui dont il avait su au fil des années gagner la confiance. Il appréciait simplement d'être un journaliste, et se concentrait à donner le meilleur de sa fonction. Il aimait également être écouté et soutenu dans la dynamique qu'il apportait à parler de sujets sociétaux, qui méritaient un arrêt sur image. John l'avait poussé dans la voie de l'élitisme, et Jim menait ses enquêtes avec un soin particulier en suivant le code de déontologie qui lui avait été enseigné à l'école du journalisme, parlant de ses sujets avec son esprit critique, sans jouer dans le renchérissement sensationnel, juste ce qu'il fallait pour apporter de la véracité à ses dires. Il était conscient qu'il n'est jamais bon de mêler les sentiments personnels dans le milieu professionnel, encore moins de les afficher ouvertement, ce qui ne pourrait que lui jouer de sales tours, la jalousie transpirant jusqu'au travers des murs des locaux.

Jim se retrouvait dans une position extrêmement inconfortable et indépendante de sa volonté, ne sachant absolument pas d'où pouvait venir la fronde à son encontre. Le traitement subi en ce lieu était une injure qui lui était faite, ne sachant pas, au travers des messages qu'il faisait passer dans ses articles, qui cela pouvait déranger au point de lui faire connaître un tel affront répressif et avilissant pour sa personne. Jim avait en l'instant du mal à rassembler tous ses esprits, il lui était impossible de se remémorer s'il avait été victime de brutalité sexuellement, comme pour lui faire passer l'envie de recommencer, son sexe étant au repos dans son sous-vêtement et ne ressentant pas de douleur lancinante au niveau anal.

Il comprit rapidement que sa survie, s'estimant être dans un piteux état, avec de multiples contusions, il ne la devrait qu'à son énergie et à sa clairvoyance, faisant abstraction de toute tentative de se souvenir du cheminement des dernières heures ayant précédé les faits. Rien ne paraissait insurmontable à la force de la nature qu'il était et Jim avait démontré son courage à maintes reprises. Il cherchait à se concentrer uniquement sur le moment présent pour focaliser tout son panache sur l'épreuve actuelle. Il n'avait pas remarqué que les menottes n'étaient pas solidement arrimées au tuyau du radiateur, n'ayant pas eu la force de tirer dessus pour se libérer et encore moins de crier pour appeler à l'aide, s'étant évanoui immédiatement suite au coup porté sur le crâne. Il avait été transporté en cet endroit, le seul constat qu'il pouvait établir.

Qui avait pu déplacer son corps en ces lieux, Jim étant quand même costaud, et pesant aussi son poids, plus de cent kilos. Qui souhaitait faire taire son travail assidu capable de réconcilier une partie de la population se faisant une fausse idée de ce qui pouvait se dérouler pendant la nuit. Qui pouvait en vouloir à John Ashton parallèlement, car le journal était dans le viseur avec de tels articles qui faisaient grand bruit manifestement sur la place publique. Autant de questions qui pour l'heure resteraient sans réponse, le journaliste ayant plus urgent à régler dans l'immédiat. Mais auxquelles, il espérait bien apporter quelques éclaircissements dès qu'il y verrait plus clair et qu'il aurait récupéré physiquement et psychologiquement.

Jim n'espérait pas convaincre, avec ses articles soigneusement préparés et articulés, mais donner une version plus éclairée de la réalité, prenant le soin de relever moult détails, en procédant à des recoupements d'informations, pour ne pas être aussi victime de ses propres préjugés, et ne pas non plus se laisser dépasser par ses propres émotions. Décrire le plus humblement possible et sans partir dans des élucubrations secondaires, ce dont il était témoin, posant avec précision les questions qui pourraient soulever de nouvelles interrogations, pour construire au mieux ses articles. Sa chronique n'avait rien de mondain ni de sensationnel, ne prétendant aucunement recevoir le prix Pulitzer, rapporter des faits, mais avec drôlerie et avec sa sensibilité particulière. Avec l'esprit professionnel du journaliste, avec des photographies à l'appui sur des sujets plus dérangeants, sur des minorités dont les lettres LGBT (Lesbienne Gay Bisexuel et Transgenre) et les substantifs GOTHIQUES n'étaient que peu ou très mal connus d'une société s'attachant uniquement aux libertés sexuelles, qui demeuraient de l'ordre du privé, mais qu'elle pouvait trouver dégradantes. D'autant dans les milieux puritains ou religieux intégristes.

Jim avait été confronté à des refus d'interviews, son boss ayant reçu des retours parfois disgracieux, voire injurieux, mais il n'avait jamais été démis de ses fonctions et de son travail méticuleux d'enquêtes, comprenant la gêne que les faits rapportés pouvaient causer dans les clubs très sélects de la ville, y compris jusque dans les instances politiques, où les discours tenus pourraient avoir tendance à déranger. Surtout si certaines personnalités avaient tendance à fréquenter certains de ces lieux, mais dans le plus grand secret. Pourtant, aucune plainte n'avait été portée depuis le début de ses investigations pour trouble à l'ordre public dans le voisinage, l'animation des commerces de nuit participant aussi aux revenus économiques de la ville, dont la municipalité tirait aussi un profit non négligeable.

Jim reprit ses esprits lentement, ses bras s'avérant marqués de plusieurs ecchymoses, probablement à la suite de nombreux coups portés sur chacun, comme s'il avait été amené à se défendre. Il eut la présence d'esprit de pouvoir se dégager en arrachant le tuyau auquel il était tenu, et de se hisser, à la force exclusive de ses bras musclés, jusqu'au fauteuil le plus proche, de velours marron foncé. Heureusement qu'il avait cette force physique, héritée des longues heures de musculation qu'il pratiquait en salle en dehors de ses heures de présence au journal, l'occasion pour lui de voir de beaux éphèbes nus, et de pouvoir échanger quelques mots.

Ses vêtements se trouvaient posés sur un canapé trois places de velours vert émeraude placé à proximité de ce fauteuil. Ils étaient disposés en vulgaire tas, sans prendre le soin de les étendre convenablement, comme si le ou les ravisseurs avaient eu à agir rapidement, sans doute dérangés dans leurs méfaits. Un petit air frais provenait de la salle de bain voisine, par le dessous de la porte, dont la fenêtre avait dû être laissée ouverte.

Jim se recroquevilla sur lui-même prenant sa tête entre ses mains tant ce mal de crâne ne cessait de tambouriner, et de composer une sonate de douleurs insupportables. Il se rappela que dans la poche intérieure de son veston, il laissait en permanence une boîte de paracétamol, ayant de fréquentes migraines depuis son plus jeune âge, conséquences du terrible accident de la circulation dont il avait été victime, qui demeuraient l'une des séquelles indélébiles de ce triste fait divers. Il se saisit de cette boîte et prit un comprimé. Il se mit debout afin d'aller vers la salle de bain pour chercher un verre d'eau, ses membres étant totalement endoloris. Il ouvrit doucement la porte, et se dirigea directement vers la fenêtre afin de la fermer. Une odeur pestilentielle se dégageait. Il avala le comprimé avec une gorgée d'eau, et en se retournant vers la baignoire qui se trouvait à l'opposé de la fenêtre, c'est là qu'il aperçut une masse dans le fond avec du sang qui remontait à la surface de l'eau devenue rouge écarlate.

Jim étouffa un cri de résignation, mettant son visage dans son bras afin que personne ne puisse entendre. Il eut un haut-le-cœur qui le fit vomir. Les faits commençaient à prendre une vilaine tournure. Un mystérieux meurtre perpétré dans cette minable chambre d'un hôtel au centre de la cité azuréenne. Une personne qui s'était à l'évidence trouvée au mauvais endroit au mauvais moment et dont le destin lui avait fait croiser le regard d'un tueur, un homme machiavélique qui cherchait manifestement à faire définitivement taire cette chronique populaire, et qui avait fomenté un stratagème pour faire porter le chapeau à Jim Wright, pour qu'il soit accusé de meurtre à la suite d'une violente querelle, qui aurait dégénéré accidentellement. Sauf que Jim se trouvait attaché, comment aurait-il pu assassiner cette personne et surtout dans quel but ?

Reprenant ses esprits tranquillement, sa terrible céphalée commençant à s'estomper, Jim réfléchit promptement. Tout devenait très clair dans sa tête, il ne pouvait en l'état demeurer en ces lieux, pour se voir accusé de meurtre avec préméditation, et terminer ses jours derrière les barreaux d'une cellule miteuse dans le centre pénitentiaire de la ville. Sa profession n'étant certainement pas la bienvenue dans un tel lieu, il se doutait du sort particulier réservé aux journaleux de son genre, menant des enquêtes dans les endroits morbides, fourmillant de vie dès la tombée de la nuit. Peu de monde dans le milieu carcéral cautionne les poseurs de questions, d'autant quand il s'agit de rentrer dans l'intimité des personnes, ce qui est très personnel.

Sans se départir de ses opinions personnelles, Jim mettait un point d'honneur à en faire abstraction de manière à garder en permanence son objectivité et son impartialité dans les rapports qu'il rédigeait et dans les faits qu'il énonçait. N'étaient-ce pas les principes premiers enseignés à l'école du journalisme ? Même si ces dernières années, il y avait eu une évolution dans les enseignements, avec davantage de laxisme par rapport aux attentes des nouveaux promus. Jim possédait cette qualité exceptionnelle, au-delà de la curiosité et d'en savoir toujours plus, pour bien ficeler ses sujets, de demeurer neutre en toutes circonstances par rapport aux réponses formulées à ces questions et de conserver intact son esprit critique. Ses qualités relationnelles, dont il était reconnu pour cela au sein du journal, lui permettaient de prendre du recul par rapport à tout événement dont il pourrait être amené à être témoin, se montrant d'une extrême disponibilité pour être sur lieu d'intervention dans les meilleurs délais et relever tous les éléments de voisinage ayant une incidence avec le reportage dont il était responsable. Un véritable professionnel qui avait aussi de l'ancienneté, qui ne perdait jamais son humour et sa bonne humeur.

Mais là, malgré son imposante carrure, et son état d'esprit toujours égal à lui-même, quelqu'un avait décidé de frapper fort, et dans sa tête, les coups reçus tambourinaient encore, même si leur intensité s'était nettement amoindrie.

Qui était donc cette personne gisant dans cette mare infecte de sang ? Jim avait rapidement observé pour voir qu'elle était morte d'une probable hémorragie provoquée par le tranchage de sa gorge depuis le bas d'une oreille jusqu'à l'autre. Du sang recouvrait cette figure, et les cheveux étaient coiffés de telle manière qu'il paraissait en apparence méconnaissable. Pourtant, sur le moment, bien que n'ayant pas toutes ses facultés, cet homme ne lui avait pas paru être un inconnu. Peut-être qu'il se trompait au fond, peut-être que cet individu qui avait être vidé comme un porc à l'abattoir, ou au fin fond d'une campagne dans la plus pure tradition paysanne, n'avait absolument rien à voir avec lui et avec les enquêtes qu'il menait chaque nuit, en faisant le tour de plusieurs lieux bien connus dans le quartier du port. Bien que son cerveau fonctionnait encore au ralenti, Jim tentait de se convaincre qu'il ne pouvait s'agir que d'une coïncidence, que d'une tragédie du destin de cet homme, un simple citoyen, mais pas de condition sociale élevée, qui avait eu le triste malheur de rencontrer des gens peu scrupuleux ayant certainement dû lui promettre monts et merveilles en échange d'un silence absolu dans le milieu. Il n'était pas le moment de tergiverser ni de laisser des empreintes partout sur le corps sachant que l'instigateur de ce meurtre avait déjà dû faire le nécessaire pour faciliter l'orientation des enquêteurs. Jim rassembla ses vêtements, passa un peu d'eau fraîche sur son visage, afin d'enlever les traces de sang apparentes, sortit le mort de la baignoire pour le déposer à même le sol, prenant le temps de chercher s'il y avait une trace de vie émanant de ce corps inerte, mais il n'y en avait plus, puis saisit tout ce qui permettrait de remonter jusqu'à lui et ressortit de la salle de bain, prenant le soin de refermer la porte derrière lui avec un mouchoir. Il n'avait jamais été confronté directement à un macchabée au cours de sa carrière, et celui-là était déjà en état de décomposition, d'où les odeurs insupportables. La raison pour laquelle il ne s'attarda pas dans les détails.

Alors qu'il revenait dans la pièce centrale de la chambre, il entendit des sirènes hurlantes se rapprocher, peut-être qu'elles ne se dirigeaient pas vers l'hôtel, mais il ne pouvait pas prendre le risque de jouer avec le feu. Il devait immédiatement prendre congé des lieux et de cette mort suspecte qui ne lui inspirait que dégoût, étant un journaliste respectable et soucieux du travail bien fait, qui détestait les effets de manche, et qui détestait la mort. Il quitta la chambre veillant à n'être vu par personne. Il avait le temps de s'enfuir par l'une des ruelles attenantes et de se fondre dans la population prenant ses dispositions pour aller travailler, avant l'arrivée de la police.

Une première étape venait d'être franchie, sa sauvegarde personnelle prioritaire, mais toute cette histoire avait pris une allure incroyable et rocambolesque. Totalement inattendue. Jamais il n'aurait pensé que son travail assidu sur un sujet aussi intéressant que celui des communautés sociales minoritaires puisse se terminer par une accusation de meurtre. Mais il n'allait pas faire ce cadeau à celui qui cherchait à lui nuire. Il n'était pas journaliste pour rien étant capable de mener son enquête à titre personnel. Et il devait absolument savoir qui était cette personne lâchement assassinée.

Il ne pouvait naturellement revenir à son domicile, qui devait être âprement surveillé. Heureusement, il avait en sa possession sa carte de presse, qui ne le quittait jamais susceptible de l'aider à lui ouvrir des portes et notamment d'avoir accès à des chambres d'hôtel. Il avait également en sa possession sa carte de crédit professionnelle, qui lui serait sûrement utile aussi. Il s'éloigna rapidement du lieu de sa séquestration, en boitant, pour prendre la direction d'un des grands hôtels du centre de la ville.

Chapitre II

John Ashton commençait à s'inquiéter, cela faisait maintenant plusieurs jours qu'il n'avait plus aucune nouvelle de son journaliste vedette Jim Wright. Il faisait les cent pas dans son bureau, tantôt allumant une cigarette, tantôt l'écrasant dans le cendrier, il n'était pas tranquille du tout, et les traits de son visage paraissaient crispés. Il se faisait sérieusement un sang d'encre. Il ne cessait de se mordiller les lèvres, et de s'interroger à basse voix. Cela ne lui ressemblait pas de perdre ainsi son sang-froid, mais il était parcouru d'une curieuse impression. Il s'était forcément produit un fait inattendu et de nature grave, bouleversant ainsi tous ses projets, et les efforts qu'il consentait à développer cette rubrique d'un nouveau genre, non du voyeurisme, mais purement de l'information, sur des sujets sociétaux passionnants quand bien menés.

— Mais que s'est-il donc passé ? Qu'est-ce qui a pu le retenir ? Il n'est pas dans les habitudes de Jim de ne pas donner de nouvelles pendant autant de temps.

Il connaissait depuis longtemps Jim, et savait que son silence ne pouvait être que synonyme de problème, et même de problème grave. Car si son meilleur élément ne l'avait pas contacté avec le téléphone professionnel, parce que la situation certainement requérait de ne pas le prévenir, parce qu'il se trouvait dans l'impossibilité matérielle de le contacter.

Il saisit le combiné de son téléphone fixe pour appeler sa secrétaire

— Emilie, s'il vous plaît, pourriez-vous prendre contact avec le commandant Jones de la police et me le transmettre ? Le plus rapidement possible. Merci.

Cinq minutes plus tard, le commandant était au bout du fil, ne cessant de maugréer, visiblement agacé des appels de la presse. Mais il avait à l'évidence des éléments urgents à divulguer à John, bien qu'il demeure dans la retenue pour ne pas révéler non plus trop d'éléments. D'ailleurs, les deux hommes avaient souvent été en contact dans le passé sur des affaires criminelles graves et un respect mutuel existait.

— Bonjour commandant Jones, comment allez-vous ?

— Bonjour monsieur Ashton. Très bien merci et vous-même ?

— Le train-train, merci. J'ai longuement hésité avant de vous appeler, mais je ne pouvais faire autrement. Je me dois de vous faire part de la disparition d'un de mes éléments, Jim Wright, qui n'a pas refait surface depuis plusieurs jours. Il n'a pas donné signe de vie, ce qui ne lui ressemble pas.

— Il y a eu un meurtre apparemment de sang-froid commis dans un hôtel miteux du centre, continua le commandant Jones. Mais nous n'avons pas ébruité cette affaire, car des empreintes ont été retrouvées dans la chambre et sur la victime que nous sommes parvenus à identifier à ce jour. Sachant que les empreintes relevées sont inconnues au fichier central. Pour autant, nous avons été informés que l'un de vos éléments subissait des pressions du fait de ses articles qui semblent ne pas faire l'unanimité dans la communauté de communes.

John Ashton botta en touche sur cette dernière remarque, mais il était au courant et avait reçu des pressions des pouvoirs publics notamment, ce qui signifiait que les études menées ne laissaient pas indifférent, et pour une raison qu'il ignorait, il y avait assurément des enjeux stratégiques qui se cachaient dans l'ombre.

— Je n'ai reçu aucune nouvelle de sa part, et j'espère sincèrement qu'il ne lui est rien arrivé de dommageable. Vous croyez que Jim Wright est mêlé à cette affaire sordide ?

— Je n'ai rien lancé de tel, John. La personne victime de cette odieuse machination est un notable du monde de la nuit, animateur dans un cabaret, je ne puis vous en dévoiler davantage de l'enquête à ce stade, mais je vous demanderai instamment de ne pas ébruiter cette affaire et en attendant aussi la réapparition de M. Wright, lequel sera sûrement plus en mesure de nous donner des éléments.

— Sachez commandant que je n'hésiterai pas à collaborer avec vous si je suis en mesure de vous transmettre tout renseignement nécessaire. Je pense n'avoir jamais défaut en la matière.

— Une bonne journée M. Ashton, vous avez mes coordonnées. Toutes mes sympathies à votre charmante épouse.

John raccrocha le combiné à la suite du commandant de police, il était visiblement énervé et cela ne présageait rien de bon pour Jim. Il se leva brusquement de son fauteuil afin de faire les cent pas, car il devait réfléchir à cette situation, mais en l'état, toutes ses pensées étaient concentrées sur Jim. Il retourna dans son bureau et prit soin de fermer la porte derrière lui. Afin que personne ne surprenne sa réaction. Cette histoire de macabre découverte, la disparition simultanée de son meilleur scribouillard, les plaintes déposées à son encontre, tout cela n'avait aucun sens, Jim n'était pas un assassin et il avait toute confiance dans son travail, faisant preuve d'un professionnalisme exemplaire. Mais qu'était-il donc advenu de lui, pourquoi ne se manifestait-il donc pas ? Il n'y avait pas une minute à perdre. Si Jim était encore en vie, ce dont intimement au fond de lui, il était sûr, forcément, il se trouvait en grand danger, car la personne qui avait tenté de détruire sa notoriété ne s'arrêterait devant aucun obstacle. Mais comment faire pour retrouver la trace de Jim ? Car pertinemment, il devait avoir besoin d'un soutien sans faille et certainement de devoir changer de vêtements. Alors qu'il était en train de consulter son planning, son téléphone professionnel se mit à sonner.

— Allo, Jim c'est toi ? Mais qu'est-ce que c'est que ce merdier ? Où puis-je te voir ?

Il ne rajouta pas davantage de mots, notant sur un post-it le lieu que lui fixait Jim. Il avait un mauvais pressentiment, et en l'espèce, il ne parvenait pas à contenir son émotion, tant s'en prendre physiquement à un de ses collaborateurs revenait à s'en prendre à lui directement. Désormais, il se sentait totalement impliqué dans cette histoire, tout en gardant le sens de sa lucidité et de sa bienveillance légendaire. Le poil de ses bras s'en hérissa même momentanément. Il était au courant de nombreuses malversations et de marchés passés dans l'ombre concernant l'avenir et l'évolution de la communauté de communes, mais, certains individus étaient allés trop loin, et maintenant s'en prenaient ouvertement à des membres de son équipe, ce qui était expressément inadmissible. Son journal ne produisait que des articles de qualités, dont les informations avaient été plusieurs vérifiées et recoupées.

Il importait à partir de maintenant de rejoindre au plus vite Jim et de rester aux abonnés absents, sans faire de vague, pour ne pas réveiller les soupçons du commandant de police Jones. L'intégrité de l'un de ses collaborateurs avait été égratignée. Il ne pouvait accepter une telle situation, d'autant qu'un meurtre prémédité avait été commis, mais dans quel but ? Est-ce que la police lui avait réellement révélé tous les indices retrouvés sur les lieux ? Tout paraissait naturellement tourner autour de Jim, mais il allait devoir faire preuve de haute voltige, de diplomatie, et d'habileté. Et son pragmatisme lui dictait que la victime dérangeait dans les hautes sphères, mais peut-être Jim ne l'avait pas reconnue, et peut-être à l'occasion d'un de ses reportages, il avait eu le temps de relever son témoignage.

John avait d'autre part une opinion arrêtée sur ce que les services de police pouvaient penser de la communauté homosexuelle et des minorités de genre, et des exubérances auxquelles elle était susceptible de se livrer à des heures où le bon chrétien pratiquant est déjà endormi.

Chapitre III

Jim Wright avait réussi tant bien que mal à s'extraire de cette chambre lugubre sans éveiller aucun soupçon et à quitter l'établissement sur la pointe des pieds. Certes, il ne pouvait masquer ses blessures sur le visage, malgré l'attention qu'il avait prise à se le nettoyer à grande eau chaude, et des douleurs lancinantes lui traversaient le corps. Il n'avait pas été épargné manifestement, mais pourquoi donc un tel acharnement. Étant loin d'être un imbécile, il soupçonnait un vaste complot destiné à dénoncer la désinvolture du milieu homosexuel qui ne pouvait avoir qu'une mauvaise image et influence auprès du public et de la jeunesse. Mais qui prendrait le risque communément de massacrer une personne dont l'identité était inconnue de Jim pour lui faire porter le chapeau, histoire de désavouer tout le travail et la confiance qu'il avait réussi à capter dans ce milieu, et de vouloir l'envoyer dans l'ombre la plus totale. Jim n'entendait pas se soumettre à quelconque autorité, liberté de la presse et d'expression oblige, encore moins de céder à toutes sortes d'intimidation, ayant compris qu'il marchait sur les plates-bandes d'un collectif qui désirait seulement faire taire toutes ces ignominies de la république. Il avait repris ses esprits et en y allant doucement, même en claudiquant, il ne tarderait pas à rejoindre l'hôtel où il pourrait se réfugier. Il devait par tous les moyens joindre prioritairement John dont il savait qu'il pourrait obtenir son soutien indéniablement et indéfectiblement, son patron l'ayant toujours encouragé à être un bon reporter, jusqu'à parfois le couvrir au mépris des règles déontologiques, Jim ayant été parfois borderline dans certaines situations.

Il tenta de se presser à rejoindre l'hôtel Interlaken faisant face à la nouvelle gare des chemins de fer. Les douleurs le lançaient de nouveau dans les jambes et les bras, elles en devenaient vraiment insupportables. Les rues étaient relativement désertes, ce qui lui permettait de passer pour presque inaperçu. Il arriva devant cet hôtel au terme d'un périple qui lui avait paru interminable, se sentant expressément diminué tant physiquement que psychologiquement. Il éprouvait même du mal à pouvoir rester debout. Mais il trouva quand même l'énergie suffisante pour finir les efforts entrepris jusque-là. Sans avoir été l'objet d'une quelconque curiosité de la part des gens croisés, qui auraient pu déclencher des questions à teneur indiscrète qu'il préférait éluder pour le moment.

Il franchit l'entrée, se dirigea droit vers le point de réservations, réserva une chambre pour plusieurs jours, paya avec sa carte professionnelle pour éviter tout repérage puis se dirigea rapidement vers les ascenseurs et monta au quatrième étage. En cette saison hivernale, le taux de remplissage restait faible si bien qu'il put avoir la chambre qu'il souhaitait. Il en franchit le paillasson, prit soin de fermer le verrou derrière lui, consigne de sécurité, fit le tour de la suite, décida de prendre une douche bien chaude où il fit couler l'eau sur son corps pendant un long moment tentant de refaire le film des événements récents. Tout un tas d'interrogations restait sans réponse. Il se demandait s'il n'en avait pas trop fait, comment il avait pu attirer maladroitement la fougue de personnes aussi peu recommandables que dangereuses, prêtes à tout pour mettre sous silence définitif des informations que lui estimait d'une importance capitale pour permettre de renouer avec un dialogue social. Ce qui pouvait faire défaut dans les temps actuels, par manque évident de connaissance d'un milieu d'apparence sombre, mais qui ne demandait rien à personne, dans la manière de mener son existence. Il était très bien placé pour savoir que tout un tas de préjugés se portait sur la communauté gay et les communautés minoritaires, et sur leurs frasques un peu trop libertines et extraverties. Des êtres vus comme des rebelles. Plus fragiles au fond qu'il n'y paraissait.

Il se souvint alors que son téléphone professionnel était dans la poche gauche intérieure de son veston, ce à quoi il n'avait pas pensé, il s'en saisit et appela aussitôt John qu'il n'avait pas contacté depuis maintenant trois jours, ce qui n'était pas son habitude, tous deux étant en contact permanent pour les sujets à mettre sous presse instantanément pour édition le lendemain.

John décrocha presque immédiatement. Jim le rassura sur son état de santé, lui expliqua sans entrer dans les détails la malversation dont il avait fait l'objet, le rassura sur son état de santé, lui demandant de faire appel à un infirmier pour panser au mieux ses blessures, et l'invita à le rejoindre, une rencontre frontale leur paraissant plus sûre que par le téléphone, même s'ils communiquaient sur une fréquence particulière. Et ils devaient surtout agir avec beaucoup de prudence, pour ne pas éveiller les soupçons de la police. Dès qu'il eut raccroché, John appela l'un des cabinets d'infirmiers libéraux avec lesquels il était en relation, et il put avoir confirmation de leur présence. Jim méritait également un examen complet, car il ne pouvait deviner dans quel état réel il se trouvait et l'étendue des dégâts causés. Il s'adjoignit les services du docteur Walker dont le cabinet se trouvait dans le centre-ville à proximité de l'hôtel.

Puis il glissa un mot à sa secrétaire, avant de quitter le journal. Une fois arrivé devant l'hôtel Interlaken, le docteur et l'infirmier étaient présents, il envoya un SMS à Jim puis les trois hommes prirent la direction de l'escalier afin de ne rencontrer personne. Arrivé devant la porte de la chambre de son correspondant, John transmit sa présence par un code secret convenu entre eux, et qu'eux seuls connaissaient. Trois coups rapides à intervalles de temps régulier. Jim ouvrit le loquet de la porte et actionna la poignée.

Les deux hommes se voyant tombèrent dans les bras l'un de l'autre, John étant si content de revoir son petit protégé, malgré les multiples contusions que son corps pouvait présenter. Il en versa des larmes, il ne parvenait pas à comprendre comment Jim avait pu faire les frais de brutes épaisses, qui lui avaient infligé de tels sévices en guise d'intimidation. Ils pénétrèrent tous dans la chambre. Et prirent soin de refermer le loquet derrière eux et de glisser la pancarte « Ne pas déranger » sur la poignée à l'entrée.

Ils avaient tous les deux à discuter sérieusement une fois le médecin et l'infirmier partis. A priori, rien de cassé, mais de sévères contusions aux bras et aux jambes, et sur le torse que les deux personnels médicaux arrangèrent au mieux. Jim avait manifestement passé un sale moment. Le docteur les avait rassurés qu'il n'y avait aucune lésion à l'endroit le plus intime du corps. Jim s'en était sorti finalement indemne, n'ayant aucun trauma profond nécessitant de le transporter à l'hôpital pour faire des radios.

Chapitre IV

John Ashton et Jim Wright restèrent un long moment sans prononcer une parole, sans faire le moindre mouvement, dans un silence ayant une dimension solennelle, étant mutuellement heureux de se retrouver, John percevant que son ami n'avait rien de gravissime, hormis un nombre impressionnant d'ecchymoses, et Jim remerciant du regard son ami qui s'était débrouillé à rappliquer rapidement. Ils s'appréciaient beaucoup trop, mais en l'instant, ils demeuraient simplement silencieux, partageant intérieurement ce bonheur des retrouvailles, cette joie qui envahissait John, regardant avec beaucoup de bienveillance et d'affection celui qui était son complice depuis si longtemps. Il n'osait se l'avouer, mais cette épreuve ne faisait que renforcer l'amour et l'admiration qu'il portait à Jim.

Les deux hommes étaient assis sur le lit très proches l'un de l'autre. Jim était torse nu, suite aux interventions de l'infirmier et du docteur Walker. Il portait simplement autour de la ceinture une serviette de bain, car l'atmosphère était chaude dans la pièce, avec le chauffage. Comme il était beau ainsi, malgré ses blessures, malgré ses éraflures sur le visage, et il avait fait preuve d'un énorme courage aussi. Ses pectoraux se dessinaient très bien sur son buste recouvert d'un léger duvet. Assurément Jim avait beaucoup de sex-appeal, et cette épreuve ne faisait que renforcer l'attirance de John pour lui, des phantasmes qu'il se projetait, certes un homme qui était heureux dans son mariage, mais qui avait besoin de nouvelles expériences, pour donner plus de piment à son couple, et son épouse ne s'opposait pas à une incartade avec un homme gay. Il savait combien il ne faut jamais mêler vie personnelle et vie professionnelle, avec les conséquences que cela pourrait avoir. Jamais John n'avait jamais eu d'expériences homosexuelles, il ne savait pas non plus si cela lui plairait. Mais il se sentait en l'instant terriblement attiré par cet homme séduisant, découvrant la beauté de son corps dans toute sa sensualité et sa splendeur. Jim apparaissait comme un héros fantastique.

John se mit également torse nu, car la température commençait à grimper en lui. Il dévoilait également un superbe buste poilu et grisonnant de quinquagénaire, un corps qu'il prenait soin d'entretenir au mieux, possédant des appareils de musculation dans sa villa. Jim n'y porta dans un premier temps même pas attention, tant il se sentait traversé par moult émotions, sa vie ayant été mise en danger. Il l'avait échappé bel, il aurait pu y passer. Même s'il savait que son métier et les révélations qu'il faisait pouvaient déranger, jamais il n'aurait pensé que les choses puissent ainsi évoluer. Une lumière passa devant ses yeux, l'espace d'un moment laissant son esprit partir au loin, pour complètement lâcher prise. Quand il revint à lui, son patron était à ses côtés, torse nu, une main posée sur sa cuisse, qui s'était faufilée dessous la serviette. Jim ne réagit même pas, car au fond de lui, il attendait cet appel depuis tellement longtemps. Mais jamais il n'avait fait ressentir à John qu'il apprécierait de passer un moment intime avec lui, car il le trouvait tellement beau intellectuellement, une aura formidable se dégageant de son être, mais là une étape inespérée était franchie. Son patron John se retrouvait torse nu, là en sous-vêtements qui mettaient en valeur ses arguments physiques. Assurément John était un bel homme dans tous les sens du terme. Pour autant, Jim hésitait encore à franchir le pas, malgré les gestes qu'il considérait comme faits de tendresse. Il se hasarda à la question subtilement.

« Es-tu certain ? »

Aucune réponse de la part de John qui continuait de le fixer dans son regard aux couleurs de la mer, dont la main continuait de palper son entrecuisse. Ce contact lui paraissait très rassurant, et il en avait besoin. La manière que John avait de le caresser était très sensuelle, et il entrevoyait le moment où ses doigts allaient remonter vers l'objet du désir, se trouvant comme pétrifié, et ne sachant comment le dissuader, tant secrètement, il espérait que sa main parviendrait sur son marqueur, qui était en train de se raidir vigoureusement. John fit habilement glisser la serviette de Jim à terre. Jamais il ne se serait attendu à un tel spectacle, le membre de Jim étant une magnifique beauté érectile, qui faisait pousser en lui des désirs insoupçonnés. Voir cette belle masse musculaire face à lui, totalement nue, voir la puissance qui s'en dégageait ne le laissait manifestement pas insensible. Il se laissait submerger par une vague de bonheur, sachant parfaitement que son corps répondait à un besoin, mais presque indépendant de sa volonté, ayant tellement eu peur de perdre celui qui à ses yeux comptait le plus sur cette terre, sans lui avoir jamais avoué la profondeur de ses sentiments à son égard. Jim lui saisit alors la main, comme elle était douce, comme ses doigts étaient virils. Il la dirigea sur son sexe, pour qu'il saisisse pleinement son corps caverneux épais en érection totale, et qu'il soit parcouru par cette sensation unique de bien-être. En l'espèce, Jim n'attendait rien de plus, juste lui faire toucher l'objet de tous les plaisirs. Sans attendre non plus que John lui fasse une fellation, tout cela pouvait bien attendre. La main de John allait lentement de bas en haut, prenant le temps de dévoiler ce superbe gland. Il se sentait vraiment heureux. Jim approcha alors ses lèvres des siennes, et ils partirent dans un baiser fougueux, leurs corps irrésistiblement collés l'un à l'autre. Jim passa sa main dans le sous-vêtement de John qui était déjà en train de subir une transformation verticale, puis il lui ôta progressivement cette pièce de tissu, aussi délicatement qu'il le pût. John se laissait faire dans la manipulation. Jim se mit à genoux devant lui et commença alors à sucer son membre vertueux de sa langue qui était une vorace. Bientôt, John ne tarda pas à éjaculer, pris dans un océan d'extase, haletant sous les effets provocateurs de la langue magique de Jim. Assurément, il était sous le charme de ce Merlin charmeur lui ayant jeté un sort de sa baguette féérique. Une métamorphose.

Après s'être donné ce moment de plaisir intense, ils restèrent tous les deux couchés sur le lit, serrés l'un contre l'autre, sans un mot. Ils avaient cédé à la tentation, mais ne s'en voulant aucunement, laissant parler leurs attentes. Ils n'oublieraient assurément pas de sitôt la célébration de leurs retrouvailles. Ils ne rajouteraient non plus aucun mot qui eût pu paraître maladroit en la circonstance. Car ils devaient maintenant s'atteler à reconstituer le fil des faits passés et la présence de John incitait Jim aux réminiscences qui lui avaient fait défaut jusque-là. Parce qu'il se sentait suffisamment courageux pour rassembler ses esprits et remonter le cours du passé.

Jim se souvenait être sorti en pleine nuit trois jours auparavant comme il avait coutume de procéder, ayant étudié le lieu où il se rendait. Il avait opéré comme à son habitude, dans le quartier du port, qui en ce vendredi soir foisonnait d'oiseaux de nuit en balade. Il prenait soin à chaque fois dans sa démarche de se présenter, et de spécifier la raison pour laquelle il se trouvait en ce lieu précisément. Il avait bu plusieurs coups au gré de ces rencontres diverses, puis à une heure avancée de ce samedi matin, il avait décidé de s'en retourner tranquillement chez lui, à des fins de faire le point sur les informations percutantes relevées. Il s'apprêtait à prendre le tramway quand il sentit s'abattre un violent coup sur lui, puis le noir total, avant qu'il ne se réveille dans cette chambre d'un hôtel de seconde zone attaché au radiateur et en tenue légère. Il ne se rappelait pas s'il avait entendu la voix de ses agresseurs, et à l'évidence, il n'avait pas subi non plus de dommages sexuels, mais son corps était bel et bien fracassé. Quand il s'était réveillé, son corps était tout endolori, il n'avait rien remarqué de spécial dans la chambre qui ait pu attirer son attention. C'est alors qu'il était parvenu à se dégager du radiateur auquel il était retenu, au prix de terribles efforts physiques qui lui coûtaient beaucoup, et qu'il s'était déplacé jusqu'à la salle de bain afin d'avoir de l'eau pour avaler son médicament contre le mal de crâne abominable qui l'empêchait de reprendre ses esprits convenablement.

Au fur et à mesure que Jim racontait les faits, au fur et à mesure qu'émergeait subrepticement le moindre détail qu'il puisse se remémorer, s'exprimant avec une étonnante diction, John griffonnait des notes sur un calepin, ne sortant jamais sans être bien équipé, défaut professionnel oblige. Il regardait du coin de l'œil, mais avec une tendresse parlante, celui qui venait de lui faire goûter aux véritables plaisirs de la vie. Il n'oublierait pas comme Jim avait été compréhensif dans la manière de procéder, comment il avait basculé son corps en arrière, pour venir mettre sa langue dans son anus et tracer des sillons qui allaient de son trou anal jusqu'à ses testicules pendants, des gestes auxquels il n'était pas resté insensible, une expérience enrichissante, car il avait besoin de connaître autre chose. Plus jamais, il ne regarderait Jim de la même façon, même s'il devait clairement mettre de côté ses émotions personnelles, il avait été traversé profondément dans son intimité, et il ne croyait pas qu'il pourrait même apprécier, mais la délicatesse de son partenaire l'avait littéralement transporté dans un autre univers, à des années-lumière de la réalité qu'il traitait chaque jour. S'être laissé prendre au jeu subtil des caresses charnelles, s'être laissé se soumettre aux envies de Jim qui était un fin connaisseur pour aborder avec volupté la sensibilité poignante que John avait témoignée.

Jim continuait son élocution, avec la précision de l'enquêteur en investigations qu'il était, la précision suisse des horlogers. Tout devenait beaucoup plus clair dans sa tête. Tout se mettait en ordre. Chaque neurone s'actionnait vivement et transmettait les informations au suivant dans une fluidité dont lui-même n'aurait pas cru cela possible après ces difficiles épreuves. Sans doute son patron y était pour beaucoup par l'aide précieuse de se retrouver en sa compagnie après le choc presque anaphylactique qu'il venait de subir. Il était conscient qu'il aurait pu terminer avec des séquelles irréversibles, avec tous ces hématomes. Certes, il était un gars équilibré et tenant solidement sur ses jambes, mais jamais il n'avait connu une telle brutalité, une telle violence et il se sentait quelque part désagréablement sali dans son être. Il ne cessait de se répéter qu'il s'agissait d'une mise en garde, d'un avertissement, une façon de lui dire poliment qu'il devait arrêter de mettre son nez partout. Il n'avait entendu aucune parole diffamante à son encontre, aucun terme grossier, le couperet était brutalement tombé, lui en ayant perdu en quelques secondes conscience, ayant vu des étoiles passer devant ses yeux avant de sombrer définitivement dans l'obscurité. Se sentir la victime d'un complot avait de quoi l'intriguer, pour autant pas question de suspendre le travail déjà commencé, désormais, il se tiendrait davantage sur ses gardes, n'aimant pas l'effet de surprise. Et rien ne laissait supposer qu'il puisse s'agir d'un complot contre lui, sans en avoir la certitude. Une hypothèse qu'il devait vérifier.

Il revoyait maintenant chaque étape comme parcourant un album photo. La fenêtre laissée ouverte dans le cabinet de toilette pour masquer les odeurs du mort gisant dans l'eau sanguinolente de la baignoire. Mais en y repensant au prix d'efforts incroyables, étant en présence de l'homme qui lui inspirait le plus confiance en ce monde, l'individu qu'il avait sorti de son bain avait une vilaine cicatrice sur la joue gauche, et un tatouage dans le cou, représentant une tête de mort aux couleurs bleue et noire. Il était lui aussi quasiment nu juste un jockstrap qui laissait apparent son pulpeux fessier et avait maintenu ses baloches généreuses. En fouillant dans les cellules les plus enfouies de son hypophyse, la même qui avait déclenché un reflux d'hormones le poussant à ce succulent partage sensuel, il eut un déclic psychique, ce personnage ne lui était pas vraiment un inconnu, il se rappela avoir croisé son regard lors de l'une de ses enquêtes nocturnes, échangé quelques paroles en fumant une cigarette sur un trottoir devant une de ces boîtes de nuit gay du côté de la place du Pin, connue pour être le lieu de rassemblement des extravagances de la communauté homosexuelle. Mais qui était-il donc pour terminer sauvagement assassiné dans un caniveau, et être saigné comme un porc ? Qui avait pu s'en prendre à cet homme pour lui faire subir cette fin, apparemment, il devait être mort avant de terminer dans la baignoire. Et surtout pour quelles raisons, Jim ne pouvait en rester là, son esprit vindicatif lui dictant de pousser plus avant, comprenant qu'il avait dû se retrouver malgré lui au centre d'une affaire compromettante, mais étant probablement une victime collatérale innocente.

Après avoir extrait cet homme de l'eau, son corps boursouflé suite à l'absorption d'une quantité massive de liquide, Jim était retourné dans la chambre et avait pris soin de se rhabiller avant de quitter les lieux avant l'arrivée de la police. En prenant soin de ne laisser aucune trace derrière lui. Et pourtant, pouvait-il se persuader que personne ne pourrait remonter jusqu'à lui, tant il avait perdu de sang ?

Chapitre V

Après l'accumulation de cette invraisemblable série d'événements, d'une violence extrême, qui l'avaient très fortement perturbé, jusqu'à le blesser dans son empreinte physique, Jim éprouva le besoin de se reposer quelques jours, le temps pour son esprit de prendre le large, non pour oublier, ce qui paraissait improbable, mais de pouvoir évacuer la tension qui était perceptible en lui, de pouvoir prendre du recul sur tous les affronts qu'il avait subis, de pouvoir aussi se reconstruire en se remettant en question. Bien qu'il ne s'était pas encore vraiment appesanti sur le sujet, certainement parce qu'il estimait ne pas en avoir besoin. Passer aussi près de la mort fait réfléchir à deux fois sur sa condition et sur les réelles motivations à se battre quotidiennement pour des causes humaines ou sociales, sans avoir la garantie d'un aboutissement aux enquêtes demandant un battage du pavé. Même s'il connaissait les risques du métier, même s'il percevait une prime de risque.

Il s'estimait, à partir du moment où il avait quitté la chambre de l'hôtel, en convalescence, qui se poursuivrait le temps nécessaire pour que ses multiples contusions se résorbent, et pour effectuer ce travail d'introspection indispensable à sa réconciliation avec son activité professionnelle. Pour l'aborder avec un sens nouveau, en argumentant d'autres valeurs, avec une approche différente. Car même s'il savait que dans ce métier, il pourrait être confronté à quelques dangers, qu'il y avait des risques inhérents à la situation et au contexte dans lequel s'effectuaient les recherches, il ne souhaitait aucunement subir d'humiliations et d'actes dégradants, comme il venait d'en être victime. D'autant qu'il ne se trouvait pas sur un théâtre de combats étrangers, mais sur le territoire provençal, connu pour sa douceur de climat. D'ordinaire, Jim ne se souciait guère des intimidations, mais la tournure tragique que venaient de prendre les événements l'appelait à davantage de circonspection et de discernement.

Jamais il ne remettrait en cause l'enthousiasme qu'il était sans commune mesure capable d'afficher en permanence et face à n'importe quelle prise de position. Jamais il ne remettrait en cause l'énergie débordante dont il faisait preuve, tant communicative qu'incitative pour le reste de l'équipe. Deux qualités essentielles pour accomplir son travail consciencieusement.

Il se réjouissait d'autre part de recevoir chaque jour un appel de son ami John, qui était vraiment un homme formidable, aux petits soins depuis qu'il l'avait ramené à son domicile. John avait promis de ne pas laisser tomber Jim, et de veiller sur sa belle personnalité, parce qu'il se sentait intrinsèquement coupable des imprudences de son étalon de course, et des affronts endurés, qu'il prenait personnellement pour son compte. Mais peut-être John était-il directement visé par ces malversations, et son poulain avait-il subi les affronts de ses choix éditoriaux très judicieux.

Jim Wright n'avait plus abordé avec John, ce qu'il considérait comme un incident éphémère, un dérapage incontrôlable sous le coup de l'émotion. Ils avaient eu une relation intime consentie, un moment de pure magie. D'ailleurs, il avait opté pour la sage décision de ne pas entamer la conversation en ce sens. Il ne devait pas se laisser envahir par cette vague de légèreté de l'être, pour demeurer clairvoyant, et maître impartial de son jugement. Il avait appris qu'il y a un temps pour chaque chose, et il devait continuer à avancer sans se faire la moindre illusion à ce sujet. D'ailleurs, il se défendait même d'y repenser. Le domaine du cœur est un sujet tellement abscons, susceptible de réserver les meilleures comme les pires surprises. Il prenait le parti de laisser faire le destin et de suivre sa bonne étoile, étant né sous le signe de la constellation des Gémeaux.

Jim appréciait à présent de se lever à n'importe quelle heure comme bon lui semble et surtout de n'avoir pas à se coucher à des horaires insignifiants, ce qui avait entraîné aussi des conséquences sur son sommeil devenu plus tumultueux. Il ne se sentait plus guidé par le seul fil conducteur de son boulot, qui occupait désormais tout son espace, et qui avait eu raison de sa situation sentimentale, par sa présence au domicile de plus en plus rare. De mauvaises habitudes qu'il se promettait de corriger pour que son existence ne tourne plus au quiproquo. Tout en conservant sa conscience professionnelle intacte qui lui valait les faveurs de John et de son service. Il se sentait libre dans la tête et de tout mouvement et de toute contrainte. Il aspirait le plus simplement et humblement à redécouvrir le mot existence environnante sous d'autres horizons. Sa mère n'avait jamais eu de cesse de lui transmettre cette force. Il avait la chance unique de pouvoir admirer à son réveil et à son coucher depuis sa terrasse, la nature autrement, d'apprécier les rayons du soleil, toutes ces forces élémentaires revigorantes. Il reprenait plaisir à ce sens de l'observation, qui était une part indivise de son âme sans avoir la tête dans le guidon, sans avoir à se poser de question sur la suite, focalisant son intérêt vers des paysages à teneur abstraite. De précieux moments pour souffler, pour se divertir dans la tranquillité du printemps venant. Ses parents avaient pris le temps de l'intéresser à cet environnement exceptionnel, et il les en remerciait, l'apprenant à développer son sens critique dès son plus jeune âge.

Chapitre VI

Un mois s'était écoulé depuis la terrible agression de Jim, un mois pendant lequel le journaliste avait rangé dans un coin ses outils de travail. Un mois qu'il lui plaisait de goûter au farniente journalier, d'organiser son planning comme il l'entendait, de consacrer du temps à ses passions pour le sport et la lecture. Un temps mis à profit pour retrouver le plaisir de cuisiner, de préparer de délicieuses recettes. Jim passait également beaucoup de son temps libre à consulter les informations et avait suivi l'enquête sur la disparition de cet individu qui avait joué le triste rôle de son voisin silencieux, et pour cause.

Il avait relevé tellement d'incohérences dans les comptes rendus d'enquêtes qu'il commençait sérieusement à se sentir mal à l'aise. Le cerveau de l'expert en recherche reprenait le dessus. Quelque chose manifestement clochait.

« Mais à quoi rime toute cette mascarade ? J'avoue avoir un peu de mal à saisir. Je me suis engagé dans un beau projet journalistique, destiné à mieux comprendre le monde de la nuit, avec des articles mettant en valeur des protagonistes, et je me retrouve au centre d'une affaire qui prend une dramatique tournure criminelle. »

Jim en eut subitement un haut-le-cœur qui l'obligea à rapidement rejoindre la cuvette des toilettes. Il en avait vu des vertes et des pas mûres, il était habitué aux fanfaronnades et aux discours des bonimenteurs dans ses interviews, ayant appris avec l'expérience à distinguer le vrai du faux. Mais là, il s'agissait de tout autre chose. Il avait repris toute sa raison, il s'essuya la bouche, avala un verre d'eau pour faire passer ses relents remontant de son appareil digestif.

L'amusement venait de prendre fin. Il était temps de se rejeter dans la bataille, pour éviter qu'un nouveau drame intervienne sous peu. Mais cette fois, il ferait les choses à sa manière, en se gardant le choix des armes. Car il devait vraiment approfondir les circonstances de ce drame. Il prit sur son bureau une feuille de papier et commença à noter comment il voyait la suite à donner. En premier lieu il lui fallait retrouver la piste de ce pauvre homme qui avait les frais gratuitement ou non d'un tueur. Il importait de savoir précisément qui il était en termes d'identité, en termes de fonctions, en termes d'activités. Il avait été bien naïf dans l'hôtel, de ne pas le reconnaître immédiatement, de ne pas avoir pris le temps nécessaire de relever les détails et d'observer son visage et son corps. Même s'il avait fait au mieux le ménage derrière lui avant de s'enfuir de ces lieux, pas de doute qu'il avait laissé des indices permettant de remonter à lui. Pourtant, pendant son temps de vacation, il n'avait reçu aucune visite impromptue des services de police, sachant que sa disparition correspondait peu ou prou à celle de l'homme égorgé.

Il allait donc reprendre le film complet des événements, pour tenter de comprendre et de maîtriser les tenants et les aboutissants de cet épisode tragique. Il ne nourrissait aucune soif de vengeance envers ceux qui n'auraient jamais dû lever la main sur lui. Mais il avait comme une mauvaise impression que la communauté gay dérangeait par ses mœurs de beaucoup inconnues. Comme si tous ces hommes s'adonnant à des pratiques étranges aux aurores tombées appartenaient à une engeance de la société, qu'il fallait éliminer comme la vermine. Parce qu'elle était susceptible de se reproduire et de se développer à grande échelle.

Jim était d'esprit très ouvert, mais il n'était pas dupe des discours tenus et des propos diffamants qu'il avait pu entendre, de la part de certains élus, à l'occasion de différentes manifestations publiques ou réunions plus privées. Son appartenance au milieu était certes un avantage certain pour mener en toute transparence ses enquêtes pour poser des questions plus indiscrètes, pour faire en sorte que les langues puissent peu à peu se délier. Peu importe à qui il pourrait avoir affaire, peu importe de savoir quels étaient les enjeux de ces pratiques douteuses aux saveurs létales, et s'il avait été le jeu lui-même d'intimidations, la persévérance était une vertu ancrée dans ses cordes les plus secrètes, et il ne lâcherait pas le morceau pour laver l'honneur de ces gens, de son monde, même s'il n'y apportait pas sa contribution directement.

« Ces gens, quels qu'ils puissent être, quelles que soient leurs motivations, ont commis un monumental opprobre, ils n'auraient jamais dû manquer de respect au plus intègre des journalistes, ils vont s'en mordre les doigts ».

Chapitre VII

Jim rejoignit le lendemain John Ashton dans sa villa d'architecte sur les hauteurs de Nice, après lui avoir passé un coup de fil. Le cadre était luxuriant et le lieu vraiment apaisant. Une connexion parfaite entre le bâti immobilier et la végétation. Un point de vue incroyable sur le mont chauve en arrière et sur la mer en avant. John l'attendait de pied ferme, étant réveillé de bonne heure comme de coutume. Son épouse Sylvie était encore assoupie ayant travaillé toute la nuit comme médecin neurologue de garde à l'hôpital l'Archet.

John reçut son protégé sur la grande terrasse au premier étage, terrasse donnant sur la mer afin de ne pas faire trop de bruit pour respecter le sommeil de sa moitié. Il ne tenait pas non plus à ce qu'elle surprenne la teneur de leur discussion et les détails de leurs échanges, même si dans son métier, elle était astreinte au secret médical. John l'avait mise au courant de la méprise dont Jim avait été la victime, elle avait accusé le coup sensiblement, éprouvant beaucoup de sympathie pour lui, et acceptant difficilement que quelqu'un ait voulu s'en prendre à sa dignité. Elle avait même poussé sa franchise et sa droiture à se confier à lui par le passé sur les desiderata de son époux de trouver une voie détournée, pour mieux s'épanouir dans son couple, après autant d'années d'existence commune. Par amour pour son mari, elle avait acquiescé et accepté le marché, ne souhaitant aucunement le perdre, ne supposant même pas qu'il puisse avoir une maîtresse attitrée. Mais cela faisait déjà bien longtemps qu'ils n'entretenaient plus de liaisons intimes. Ce qui ne les empêchait pas d'avoir des sentiments amoureux encore très forts et une étreinte suffisait amplement à satisfaire leur bonheur. Elle était à cent lieues de pouvoir imaginer la réalité, que John avait besoin de connaître des sensations nouvelles.

Les deux hommes se serrèrent d'une accolade attentionnée et s'embrassèrent sur les joues. Ils étaient visiblement satisfaits de pouvoir se revoir. Surtout John de pouvoir constater combien ce repos forcé avait été récupérateur pour Jim, et extrêmement bénéfique. Pas la moindre allusion à ce qui avait pu se passer entre eux. Une histoire ancienne du moins en apparence. Ils avaient tous les deux l'intelligence de ne pas en faire part et surtout de ne pas le montrer. Peu importe les sentiments qui pouvaient encore animer John. Jim semblait avoir définitivement tiré un trait sur ce qui était apparu comme une idylle arrivée à son terme. Une relation qui n'avait même pas eu le temps de débuter, et qui était déjà vouée à une fin prématurée. Sans doute une autre opportunité ne se représenterait pas de sitôt.

John Ashton, en réceptionnant l'appel de bon matin de Jim qui lui demandait de le recevoir, avait été quelque peu déboussolé par l'engouement qu'il montrait pour ressasser cette sordide affaire et agiter les torchons au point de les faire brûler. Mais il ne pourrait jamais empêcher cette tête de mule au fort caractère de suivre son instinct qui lui disait de ne jamais abandonner. Il aurait préféré que son poulain prenne contact pour une autre raison, mais visiblement les deux hommes n'étaient pas sur la même longueur d'onde en l'instant.

Malgré toute l'attention que John portait aux explications de Jim, il paraissait un tantinet fébrile. Que cherchait à prouver son reporter vedette, dont la disparition avait déclenché en son for intérieur, une vague d'indignation envers un système corrompu auquel il s'était laissé prendre au jeu, par l'appât du gain facile ? Bénéficiant d'une position privilégiée dans le tissu économique de la ville, John avait eu accès à des éléments confidentiels de l'enquête, mais il ne tenait pas à ce que Jim risque sa vie encore une fois, et puisse découvrir que son responsable l'avait trahi, en ne lui divulguant pas les informations nécessaires.

« Salut John, comment vas-tu ? Merci de me recevoir de si bonne heure. »

— Bonjour Jim, quel plaisir de te revoir en chair et en os ! Tes blessures se sont bien estompées. Tu as bien meilleure mine. Que me vaut donc ta venue aussi matinale ? Tu prends un café bien sûr. Sans sucre.

— Merci John avec plaisir, tu connais mes habitudes sur le bout des doigts depuis le temps que nous suivons des chemins parallèles. Il a fallu du temps pour que tous les stigmates de cette macabre rencontre disparaissent. Chaque fois que je me regardais dans la glace, je repensais aux événements, je me revoyais dans cette chambre où des relents de mort obstruaient mon canal respiratoire.

— Je suis vraiment, vraiment désolé Jim. Mais tellement content de voir que tu as repris du poil de la bête. C'est moi qui aurais dû me trouver là, à ta place. C'est moi qui aurais dû être victime de ses désagréments. Jamais, je n'ai voulu que tu puisses mettre ton existence en péril, d'autant que je t'ai fortement encouragé à continuer tes investigations dans le monde de la nuit.

— Arrête John, dit Jim en lui mettant la main sur la bouche. Tu racontes n'importe quoi. Tu vois, tout va bien désormais, plus aucune avarie corporelle. Je me suis racheté une nouvelle conduite, car tu sais, j'ai beaucoup réfléchi.

— Si, si, jamais je n'aurais pensé qu'une telle agressivité puisse exister et qui a touché un de mes éléments, donc qui me touche personnellement. Mais oui tu es toujours aussi beau.

— Il faut absolument que je remonte la piste de cet homme décédé.

— Pourquoi donc ? À quoi bon ? La police a fait effectuer une autopsie sans rien révéler d'anormal. Une mort par égorgement, le malheureux s'est retrouvé ensuite dans la baignoire les mains ligotées, si un soupçon de vie était encore en lui, la noyade inéluctable aura terminé le travail commencé sans laisser de trace.

— Là est bien le problème John, il y a tout un tas d'incohérences dans le traitement de cette affaire, les rapports manquent de détail et tu m'apprends des éléments qui n'ont été mis à la connaissance de personne.

— Parce que ces éléments demeurent secondaires au sens de l'enquête. Un homme a été pris sous le feu d'autres et cela aura dégénéré pour se terminer comme tu le sais.

John essayait de chasser la nervosité en lui, que Jim n'avait même pas soupçonnée, et de détourner l'attention de son journaliste. Car seul lui importait qu'il puisse demeurer vivant, sans soulever des montagnes. Elles cachent parfois des secrets qu'il est préférable de ne pas faire remonter à la surface.

— Qui était cet homme, et pourquoi son identité n'a pas été divulguée ? John, cet homme ne m'est, autant que je puisse me rappeler, pas réellement inconnu, tu sais qu'au cours d'une de mes tournées de nuit, j'ai croisé son visage, mais il portait une casquette et un pull col roulé avec une écharpe nouée autour de son cou qui empêchaient de voir son tatouage distinctif. De couleurs noire et bleue, une tête de mort, un signe qui n'est pas courant autant que je sache. La police ne t'a pas renseigné sur ce sujet ? Car peut-être est-ce un détail qui a son importance.

John détourna la tête un instant, comme accaparé par un bruit qu'il avait entendu au loin. Il accusait le coup, sous les questions insidieuses, mais brillantes de Jim, qui avait recouvré ses facultés complètement, et il se sentait comme acculé par la précision des termes utilisés. Jamais Jim n'avait été un adversaire, jamais il ne le serait, mais cette discussion prenait le sens d'un interrogatoire, et plus, d'un travail de terrain avec informations recoupées, car Jim allait droit au but sans user de diplomatie dans les questions entre eux. Ou comment aller droit à l'essentiel.

Jim était déterminé à mener ses investigations à leur terme en dehors de son temps de travail. Peu importe de devoir passer sur des cadavres enfouis. Ou bien de mettre à mal les plans d'un réseau puissant se voulant seul exécuteur et protecteur de l'ordre public, capable de chasser toute verrue du paysage et tout débordement sur la voie publique.

— Je suis si content John de te retrouver. Tu sais comme je te fais confiance dans ta discrétion, et je ne te remercierai jamais assez de ta présence pendant ma convalescence, parce que tu m'as insufflé cette force par tes encouragements.

— Je pense que si j'avais été dans ta position, tu aurais agi exactement de la même manière.

— Bien vrai tu as tout à fait raison. Mais puisque nous en sommes aux révélations....

John écoutait attentivement, et allait peut-être entendre ce qu'il souhaitait.

— Et bien, je te donnerai entièrement satisfaction pour remonter des bas-fonds les démons qui se cachent derrière cette obscure histoire. Je ne peux affirmer en l'état la gravité de la situation, mais comme tu connais mon pragmatisme, je flaire un gros poisson, et une mort n'est jamais anodine.

— Tu n'arrêteras donc jamais, lui rétorqua John, avec une tonalité tranquille, étant redevenu totalement au calme, et reprenant la maîtrise de son esprit. Toujours le même boute-en-train, qui quand il se pose des questions, fait tout ce qu'il faut pour obtenir toutes les réponses, sans ne rien laisser au hasard.

— Tu me connais mieux que n'importe qui John. Avancer en gardant mon flegme légendaire, mais j'obtiens toujours ce que je veux. Rien ne peut me résister.

— Vrai que tu es irrésistible, mon cher ami. Quelle maladresse il lâchait, John s'en rendait compte à retardement, mais Jim restait imperturbable. Tu as cette combativité et cette loyauté incroyables, faisant de toi un être unique.

— Bon il est temps que je te quitte John, ravi de voir que tu es toujours en belle forme. On se revoit bientôt au bureau. Mes amitiés à ta délicieuse Sylvie. Et surtout, prends soin de toi.

John le raccompagna jusqu'au portail d'entrée.

— Prends soin de toi également Jim et surtout pas d'imprudence excessive.

Une fois le portail automatique refermé, John retourna sur la terrasse et se versa cette fois un grand café. Il était gagné par un état de nervosité incontrôlable. Sylvie venait à peine de se réveiller, ils allaient pouvoir passer ensemble le reste du week-end, en allant faire une balade en forêt, pour tenter de faire le vide en lui. Jim lui avait tenu des propos inquiétants, mais qui dans la bouche du personnage avaient valeur de promesse. Les prochains jours s'avéreraient décisifs.

Chapitre VIII

Jim retourna vers son appartement de l'ouest comme il était venu à pied, mais soulagé aussi d'avoir échangé sur le sujet qui le préoccupait dorénavant, et d'avoir obtenu le feu vert de John. Se trouvant en présence de son ami à qui il vouait une confiance aveugle, il n'avait pas prêté quelconque attention aux retours formulés par John et à ses mises en garde. Mais rien ne pourrait le dissuader. Il n'avait personne qui l'attendait à la maison, partant de ce principe, il consacrerait le temps qu'il faut à analyser les événements, en retournant sur les lieux de ses recherches, en fouillant et en interrogeant davantage de personnes pour sensibiliser l'opinion. Forcément, quelqu'un dans le quartier du port connaissait le mort, dont la disparition n'avait pas dû paraître inaperçue. Se trouvant absent de ces lieux du jour au lendemain.

Jim rentrait sereinement à son appartement. Le trajet était un élément indispensable à la prise de décision et à la réflexion aussi. Un petit vent en provenance de la mer lui arrivait en pleine figure, et apportait un rafraîchissement général à son corps. Son cerveau était en ébullition constante, il avait de nombreuses pistes à explorer méticuleusement. Son entêtement était une de ses principales qualités. Quand il se retrouvait ainsi en état d'excitation, il se métamorphosait en un autre homme, emporté dans un tel élan que plus rien ne pouvait stopper avant résolution. Jim se mettait ainsi des visières pour ne pas dévier de sa trajectoire. Il devait commencer à chercher du côté de la victime de la salle de bain, effectuer des recherches sur ce symbole peu singulier que portait le mort sur le cou. Car selon lui, cela représentait le symbole de la mort, sans doute il appartenait à un ordre particulier, mais peut-être était-il un membre important de ce cercle. D'autre part, lui revint un détail important. Sur ces doigts, il y avait des marques blanches, signalant qu'il devait porter des bagues. Si tel était le cas, certainement des bagues représentant la tête de mort, signalant son appartenance au monde souterrain de la société.

John de son côté était demeuré nerveux toute la journée. Même en la compagnie rassurante de son épouse Sylvie. Il avait apporté des réponses à Jim, il ne se serait pas permis de l'induire sur de fausses pistes, mais il ne lui avait donné tout ce que la police lui avait révélé, notamment les empreintes trouvées sur le mort qui provenaient d'une seule personne, laquelle n'avait pas été identifiée. D'ailleurs plusieurs de ces mêmes empreintes avaient été retrouvées un peu partout dans la chambre, mais pas sur la poignée de la porte de la chambre. Non point qu'il se fasse à ce niveau du mouron pour lui, ou pour tout autre membre de sa vaste conspiration contre les mouvements qu'ils estimaient anarchiques, visant principalement la communauté homosexuelle ainsi que toutes les communautés minoritaires avoisinant, comme notamment les gothiques, celles vivant dans l'ombre. Conspiration dont il faisait partie moyennant le versement d'une confortable rente qui lui avait permis de payer ce havre de paix sur les hauteurs de la cité provençale, son salaire, même confortable, ne permettant pas d'accéder à un tel privilège. Il en éprouva un court moment de la honte, mais le business était le business. Il en tirait jouissance assurément. Il avait verrouillé de tous les côtés les informations, tous les membres de la conspiration demeureraient dans le silence.

Mais il connaissait très bien le panache de Jim et l'énergie qu'il était capable de développer pour parvenir à ses fins. Jim était d'une intelligence redoutable, loin de toutes les théories cocasses, ses articles plaisaient parce que présentés avec un réalisme impressionnant. La justesse des mots utilisés pour décrire une situation, de quoi frapper automatiquement chaque lecteur assidu. Il usait d'un langage compréhensible par tous, sans faire usage de termes à plusieurs sens, sans jouer sur les équivoques, sans suggérer, mais en démontrant avec une acuité exacerbée, avec son sens critique rôdé. Il allait donc devoir marcher sur des œufs pour ne pas éveiller les soupçons, et pour retarder l'échéance tant redoutée d'un affrontement. Pour le moment, il n'avait pas lieu de s'inquiéter, il devait simplement surveiller les avancées de son petit poulain qui ne manquerait surtout pas de le tenir informé. Quand il lui avait dit qu'il aurait dû se trouver à sa place, John le pensait réellement. Il savait prendre ses responsabilités quand cela s'imposait, et il n'avait pas envisagé une seule minute que les événements puissent prendre une pareille tournure. Cela le dégoûtait presque. Il était maintenant en proie à de vives émotions et son esprit partagé entre l'envie de continuer cette mascarade, mais qui lui apportait aussi matériellement une existence paisible, et de retourner sa veste avec les conséquences que cela aurait sur son environnement. Il balaya d'un revers de main ses doutes, il n'était pas question de flancher. Un idéal sur mesure qu'il s'était construit.

Jim de son côté avait bifurqué pour aller vers la colline du château. Pour profiter de cette vue magnifique et totalement dégagée sur la mer et les monts de l'Esterel au loin, d'autant que le temps était très clair sans le moindre nuage. Ce lieu faisait partie de ses préférés de la ville, car silencieux, idéal pour rassembler ses idées, idéal aussi pour profiter de la nature dans la ville. Nombre de petits passereaux venaient en ces lieux qui leur offraient tant de cachettes secrètes. Il savait comment il allait entamer ses démarches. Il était plus que motivé pour comprendre ce qui avait pu déraper, et ce qui avait pu lui échapper au cours de ses pérégrinations. Après une bonne heure passée assis sur un banc à regarder ce spectacle exceptionnel, il se remit en marche pour rentrer. Il allait devoir se reposer pour être en forme, les prochains jours promettant d'être sportifs.

Chapitre IX

Jim se réveilla de bonne heure le lendemain, aux alentours des sept heures après une nuit des plus récupératrices. Le temps dehors était redevenu au calme et un franc soleil allait dominer dans la journée. Il demeura quelques minutes de plus allongé, n'étant tenu par aucune obligation. Son emploi du temps était déjà déterminé, il n'y avait aucun changement immédiat à y apporter. Sa priorité dominante étant de savoir qui était l'homme au tatouage de couleurs. À aucun moment dans les différents périodiques relatant l'événement, avait été fait mention de son identité. Une étrangeté, puisqu'il était un personnage clé de cette affaire, sauf si cette omission partait d'une volonté commune. Sauf si le manque de précisions était destiné à brouiller des pistes. Il préférait ne pas se poser la question, juste d'établir des constatations.

Il s'équipa le plus légèrement possible, juste avec son dictaphone enregistreur, l'indispensable matériel du journaliste consciencieux qui ne souhaite pas travestir un compte rendu et surtout qui souhaite noter mot pour mot les paroles des personnes interviewées. Bien entendu, il n'oubliait pas non plus un carnet et un stylo, ce qui de toute sa carrière ne lui avait jamais fait défaut. Car un mot noté vaut derrière association d'idées. Il suivait ainsi le manuel du journaliste, peu de matériel, mais celui le plus adapté. Il avait croisé beaucoup de monde dans le quartier du port, et il pouvait se féliciter d'avoir gagné la confiance de plusieurs habitants, commerçants. Ce qui pourrait simplifier la donne et son immersion, sachant qu'il reviendrait à la nuit tombée. Tenue correcte exigée bien sûr, mais aussi de camouflage, le kaki lui allait si bien donc jean et pull col roulé avec un manteau pardessus et une écharpe aux couleurs noire et bleue.

Il partit donc de chez lui vers les dix heures du matin à pied, demeurant sur la colline face à l'aéroport et n'étant qu'à quelques enjambées du tramway. À cette heure, il y avait moins de monde dans les moyens de transport, la rentrée des classes et des universités étant effectuées. Jim allait jusqu'au bout de la ligne. Il appréciait les moyens de transport s'avérant un moyen efficace pour rejoindre un point à un autre, et sans perdre de temps, à peine une demi-heure pour rejoindre le terminus au port. Le tramway ouvrant accès sur le bassin du port où demeuraient appareillés plusieurs yachts pendant la saison morte.

Jim prit la direction de la place du Pin pour rejoindre la rue Fodéré, quartier toujours en mouvement et point de rassemblement privilégié de la communauté homosexuelle, bisexuelle ou transgenre, qui se fondait dans le paysage, tant de touristes faisant le détour par ces lieux, parce que considérés comme accueillants et aussi un poumon économique de la cité niçoise. En général, ce lieu constituait aussi le point de départ de toute manifestation originale de la communauté, à défaut de la place Garibaldi. Il y avait plusieurs bars et restaurants présents dans tous les guides pour voyageurs. Il se dirigea directement vers le Délice Bou, qui était un must alliant l'élégance d'une boulangerie raffinée et d'un café. Car la terrasse en général ne désemplissait pas. Il commanda un cappuccino. Puis demanda à s'entretenir avec le responsable, qui le reconnut immédiatement. Il n'était pas question d'interférer dans son business à une heure de grande affluence. Pour éviter aussi les indiscrétions, et les fuites, dans une disposition où tous les clients étaient voisins les uns des autres. Ce dernier lui demanda quelques secondes, le temps de servir une table occupée par des Espagnols, puis revint à Jim et lui demanda courtoisement de le suivre dans un lieu un peu à l'écart pour parler plus librement et sans avoir à être dérangé. Le patron du commerce était un homme d'une quarantaine d'années, mais qui avait pignon sur rue devait être au courant de tout ce qui se passait dans le quartier, et de toutes les transactions passées, ainsi que de toutes les réunions concernant le quartier, quand il s'agissait de son évolution ou de sa transformation, son commerce possédant un logo sur la vitre rappelant son appartenance à l'association des commerçants du quartier.

— Je vous avais reconnu dès que vous vous êtes installé, lui dit l'homme au regard bleu, mais vous aurez remarqué que je ne puis vous accorder beaucoup de temps, compte tenu de la clientèle, qui ne cesse de se faire nombreuse, tout au long de la matinée.

— Je vous remercie de votre courtoisie, je ne tiens pas à vous retenir trop longtemps, monsieur. Juste un nom que je viens solliciter auprès de vous, vous avez suivi ce qu'il s'est passé le mois dernier.

— Vous parlez de la découverte d'un cadavre dans une chambre d'hôtel.

— Exactement, les articles journalistiques n'ont pas fait mention des noms et prénom de cet homme. Pourtant, je suis persuadé de l'avoir vu dans le quartier à l'occasion d'une de mes virées nocturnes. Je me rappelle même avoir échangé des paroles avec lui. Sauriez-vous de qui il s'agit ? Il portait une tête de mort dans le cou, de couleurs bleue et noire, et je soupçonne qu'il devait avoir des bagues.

— Vous parlez de celui qui est surnommé Vol de Mort ? Pas besoin d'avoir des détails. Je ne l'ai plus revu depuis l'affaire relatée dans les quotidiens, pourtant il avait ses habitudes ici.

— Vraiment ? Pourriez-vous m'en dire un peu plus sur cette personnalité ?

— Je n'ai pas beaucoup de temps, mais revenez plutôt à la nuit, car j'aurai plus de temps pour vous répondre et je pourrai même peut-être vous donner les coordonnées de personnes qu'il fréquentait qui pourront vous en dire davantage. N'hésitez pas à demander Laurent au cas où j'aurais un empêchement. Un homme qui le connaît mieux que n'importe qui.

— Je vous dis à ce soir, monsieur, et encore merci de m'avoir accordé cet intermède.

Jim repartit à travers les rues de la vieille ville de Nice, car il aimait flâner en regardant les architectures, ayant toujours la tête tournée vers le haut à la recherche de quelques marques historiques. Il paraissait satisfait de lui-même, ne s'attendant pas à un retour aussi prompt. Il suffisait avec un peu de courtoisie et de politesse, de s'adresser aux bonnes personnes, mais étant un curieux, il remarquait tout l'environnement, ses yeux actionnés dans tous les sens. Il avait retenu le prénom de l'interlocuteur vers qui se tourner. Il fallait qu'il se presse à rentrer et à se reposer pour une nuit interminable à venir, qui risquait de lui rapporter gros. Du moins, il l'espérait, ne se faisant aucun plan sur la comète, prenant les événements comme ils viennent, mais il semblait qu'il ait frappé à la bonne porte. Maintenant, il lui restait à faire jouer son professionnalisme.

Jim s'empressa d'en informer son patron John Ashton, lequel se trouvait au journal. Mais il se garda de lui divulguer toutes ses sources potentielles, uniquement le fait que le patron du Délice Bou serait en mesure d'apporter des éléments nouveaux. Pouvait-il seulement penser un instant que son informateur risquait de subir un sort identique à celui trouvé dans la baignoire ?

Ayant raccroché et ne souhaitant pas s'étendre, il alla droit faire un petit somme, pour partir assez tôt dans la soirée. Il tentait par tout moyen de passer inaperçu, sans chercher à faire des vagues. Il savait que John ne lui mettrait pas des bâtons dans les roues. Ce à quoi il n'avait jamais cessé de croire.

De son côté, John commençait à perdre sa bonne humeur. Son poulain avait depuis longtemps dépassé le maître, et il était lancé. Il lui faudrait du temps pour remonter toutes les branches tentaculaires de l'organisation, mais il n'était pas le moment de cogiter et il fallait en informer d'autres personnes. Car Jim affichait une facilité déconcertante à pouvoir récupérer de l'information, par sa nature d'être, par son comportement agréable, par son ton charmant et courtois. Les événements ne partaient dans le sens qu'il le désirait, son homme fort dans tous les sens du terme, venait de franchir un nouveau palier. Il fallait urgemment retarder cet homme qui était une véritable machine de destruction, cela ne lui avait pas suffi de faire les frais de malveillance une première fois, rien ne se produisant jamais au hasard dans la vie. Il prit son téléphone portable et composa le numéro du commandant Jones, qui participait à une cérémonie commémorative à l'extérieur avec le préfet, en l'honneur des anges étant partis au ciel suite du terrible attentat dont la ville venait d'être frappée à l'été. Le commandant Jones n'avait pas répondu immédiatement en ressentant les vibrations dans son blazer de service. Heureusement, il y avait du bruit ambiant, ce qui avait masqué les interférences cellulaires. Il n'aimait pas être ainsi dérangé de manière inopinée, mais il se dit que quelque chose devait forcément aller de travers.

« Commandant Jones !

« Commandant Jones, je ne voulais pas vous déranger de la sorte, compte tenu de vos obligations professionnelles, mais il se trouve que nous avons un petit problème qui risque de se transformer en cataclysme de grande ampleur, si nous n'intervenons pas pour stopper un début d'hémorragie.

« Que se passe-t-il donc de si grave que cela ?

« Eh bien, je ne sais comment vous dire, mais mon meilleur journaliste s'est mis de nouveau sur l'enquête qui lui a coûté plusieurs hématomes. Il a relevé un certain nombre d'incohérences au cours de l'enquête menée, et m'a fait part de ce qu'il ne pouvait en rester là. Par conséquent, je me sens suffisamment impliqué pour vous en faire part au plus vite. Il a repris ses enquêtes nocturnes pour tenter de remonter la filière, sachant l'identité du mort que vous, pardon, que vos hommes ont laissé dans la même chambre que Jim Wright que vous avez laissé inconscient et dans des dispositions disgracieuses. Il m'a tout raconté, vous auriez pu lui causer des dommages irréversibles. »

John insistait pesamment sur les mots, pour qu'ils pénètrent bien le cerveau du policier.

« Qu'est-ce que cela peut vous faire ? Ne me la jouez pas avec des trémolos. Vous n'allez pas m'apprendre comment je dois diriger et protéger aussi la conspiration. Dois-je vous rappeler que je suis responsable du service de sécurité de cette organisation, et qu'elle compte parmi ses membres nombre de notables, qui paient des sommes astronomiques pour son fonctionnement, mais aussi pour sa protection ? À cette fin, tout trublion se doit donc d'être neutralisé, sans nécessairement y mettre les formes. Je vous rappelle que personne ne vous a mis le couteau sous la gorge pour signer votre engagement dans cette cause, mais que vous en retirez un bénéfice pécuniaire plus qu'alléchant, qui vous permet avec votre épouse de mener le train de vie que vous souhaitiez lui donner.

« Mais jamais je n'ai été mis dans la confidence qu'il fallait, selon les plans, se débarrasser de toute personne susceptible de bouleverser les plans de l'organisation.

« Vous n'aviez pas à être mis au courant, je vous signale. Il vous a été demandé d'informer, ce qui est votre fonction, le reste ne vous concerne en rien, et surtout pas comment les opérations sont menées. Et d'autre part, je n'ai aucun compte rendu à vous faire, que vous le vouliez ou non. Restez à votre place, continuez d'agir comme il vous a été demandé, et tout ira bien.

« Jim Wright retourne sur le terrain cette nuit et doit s'entretenir plus longuement avec le patron du Délice Bou, qui connaît très bien des instigateurs du cercle à la tête de mort bicolore, pour savoir quelle est l'identité du mort. Vous avez volontairement omis de signaler son identité à la bande de racailles toujours prêtes à dégainer pour faire sensation dans les tabloïdes, mais Jim a cette pugnacité peu commune pour extraire exactement ce dont il a besoin.

« Et alors, ne vous en faites pas, les chemins sont pavés de plus ou moins bonnes intentions, et les ramifications de l'organisation sont variées pour ne pas mettre la main sur toutes les têtes pensantes, et elle a été suffisamment bien pensée pour empêcher tout esprit trop curieux de s'approcher du sommet de la pyramide.

« Que je ne m'en fasse pas, sachez commandant Jones, qu'il m'en coûterait beaucoup de savoir qu'une nouvelle tentative d'intimidation a été perpétrée à l'encontre de Jim. Je ne suis pas un assassin, je ne suis rien pour vous. Laissez-le désormais en dehors de cela.

« Écoutez, Ashton, vous n'êtes rien en effet, à part une fiotte qui chie dans son froc dès que le vent semble tourner, mais faîtes bien attention à ce que vous dîtes et ce que vous faites, vous avez accepté sans aucune équivoque les clauses du contrat, en échange d'un juteux pactole flamboyant. D'ailleurs, vous devez faire plein de jaloux sur la colline nord avec une aussi vaste villa. »

John tenta de retrouver un peu de son calme, car son tempérament s'était laissé emporter un peu trop. Non seulement, il n'acceptait pas les critiques en ce qui concerne le train de vie qu'il menait lui et son épouse Sylvie, encore moins de se faire traiter d'homosexuel refoulé. Et pourtant. Le commandant avait raison, un seul homme ne parviendrait jamais à confondre l'exhaustivité des membres d'une organisation aussi puissante que celle où il avait mis les pieds. Car même dans cette structure pyramidale, il y avait des culs-de-sac, qui permettaient de stopper net la progression, ou de faire diversion.

« Autre chose Ashton, je n'ai pas que cela à faire d'écouter vos jérémiades, et vos tremblements. J'ai de hautes fonctions qui me permettent d'être chaque jour en représentation à l'exception des affaires criminelles. Je ne peux répondre à tout bout de champ à un trouillard qui fait pipi dans sa culotte, et qui a besoin d'être rassuré. Je vous donne un conseil, prenez quelques jours de vacances bien méritées, et à l'étranger ce serait encore plus profitable. Mais continuez d'exécuter les plans comme ils ont été définis. Rien de plus.

« Je vous rapporte par ailleurs le prénom de Laurent qu'une de mes fouines a entendu, qui semble en savoir pas mal sur le cercle à la tête de mort et notamment sur le mort.

« Sur ces bonnes paroles, bonne journée Ashton, et évitez de me faire chier à l'avenir. Je ne vous le répéterai pas deux fois. Mes hommages à votre délicieuse épouse Sylvie.

« Bonne journée commandant Ashton »

John Ashton raccrocha le combiné de sa main droite. Elle était tremblante. Un début de nervosité était en train de le gagner.

Jim, quant à lui, poursuivait son état de somnolence. Il n'en était qu'aux tout premiers balbutiements. Il se sentait tout émoustillé comme un enfant qui fait des découvertes croyant que les révélations vont bouleverser le cours de son existence. Ses héros demeuraient Jonathan et Jennifer Hart, qui avaient bercé ses dimanches après-midi quand il était jeune. Il se voyait comme eux, avec les milliards en moins, mais avec son esprit de justice et d'équité intact.

Chapitre X

Jim avait mis son réveil à sonner à dix-huit heures pile. Dehors, la luminosité commençait de baisser, mais la vue sur la mer était enchanteresse. Pas au point de se laisser bercer des sons des sirènes. Il avait déjà préparé tout son matériel, il ne lui restait plus qu'à prendre le chemin des écoliers et à rejoindre le lieu de son rendez-vous. À cette heure tardive, la ville fourmillait encore de vie trépidante, la pleine heure de la débauche, qui était synonyme dans la ville de bouchons à n'en plus finir sur la voie rapide, mais aussi dans les tramways. Jim avait convenu de ne pas se présenter avant vingt heures, histoire dans le quartier de retrouver un peu plus de tranquillité en attendant la seconde vague de la nuit. Il avait ainsi tout le loisir de marcher le long des flots bleus de la mer et de se dégourdir les jambes, en profitant de la fraîcheur relative de la fin de soirée, quand le soleil tire sa révérence dans le ciel et que l'astre lunaire a déjà opéré son apparition.

Son rendez-vous probablement l'attendait déjà. Il se dirigea droit vers la rue Fodéré, mais arrivé au niveau de l'église du port, il vit un rassemblement qui paraissait assez inhabituel à cette heure. En avançant plus avant, un cordon de police avait été déployé pour boucler tout le périmètre aux alentours de la rue en question et en remontant de l'autre côté jusqu'à la rue Bonaparte. Cela grouillait dans tous les sens et à toutes les intersections d'hommes en bleu et plusieurs ambulances se trouvaient également sur place, avec des médecins urgentistes déjà s'affairant sur les blessés.

« Mais que s'est-il donc passé dans ce quartier pour réveiller autant de sirènes rugissantes jusque dans les tréfonds de la cité ? »

En s'approchant d'un peu plus près, Jim Wright vit que des corps gisaient sous les draps dont les ambulanciers les avaient recouverts. Une mare de sang recouvrait le blanc immaculé des linges venant directement des machines à laver des hôpitaux. Un véritable carnage, et d'une rare sauvagerie, venait d'assombrir l'atmosphère des lieux quelques instants auparavant. Jim observa de son œil de lynx l'assistance, les badauds s'étaient réunis comme à leur habitude, pour faire leur curieux, alors qu'ils se désintéressaient totalement du sort de leur prochain, dans cette société devenue égoïste. Et encore plus que pouvaient-ils se soucier du destin des commerçants du quartier, sachant les dérives nocturnes qui étaient au centre des préoccupations. Jim réussit à s'enquérir auprès de certaines sources, sortant sa carte de presse auprès des policiers en faction et des commerçants avoisinants qui avaient tous abaissé à cette heure leurs rideaux de fer, certainement pour se sentir plus en sécurité, mais également pour faire preuve de solidarité. Aux dires de plusieurs, deux hommes venaient d'être violemment pris à parti et avaient été la cible d'un homme à moto cagoulé qui s'était très vite éclipsé dès le méfait connu prenant en direction de la rue Barla. L'identité des victimes était connue, mais Jim Wright s'adressa aux enquêteurs de la police judiciaire sur place, sans chercher à faire obstruction à l'enquête. Il s'agissait de deux notables du quartier, le patron du Délice Bou, ainsi qu'un dénommé Laurent Garnier, patron d'un restaurant jouxtant le Délice Bou, le palais des saveurs méditerranéennes.

En entendant le nom des deux victimes malencontreuses, Jim se retira dans un endroit plus à l'abri de tout regard pour faire un point sur la situation, et à voix semi-haute.

« Mais qu'est-ce que c'est que ce bordel ? À quoi rime cette série d'assassinats ? Et dans un laps de temps très court. Comme s'il s'agissait d'une course contre la montre engagée pour faire du grand nettoyage. Non seulement, il y a les ordures qui posent des soucis aux administrés et aux pouvoirs publics, et maintenant, il y a une danse macabre dans le quartier du port, où certains se livrent avec une facilité déconcertante, et au mépris de toutes les règles destinées à protéger l'ordre public, à des éliminations de personnalités connues, le président de l'association des commerçants de la ville, ainsi que le vice-président du cercle des éclaireurs de la mort, qui avait son commerce voisin de celui du Délice Bou.

J'ose croire qu'il n'y a aucun rapport avec les faits dont j'ai pu être la proie, mais cela commence à faire beaucoup en vraiment très peu de temps. Comme si les deux derniers morts appartenaient à des ordures. Et qu'il fallait absolument faire disparaître leurs corps, et au-delà le rôle qu'ils pouvaient jouer au sein des communautés.

Nice, une ville d'apparence calme, il ne se produit jamais aucun incident majeur, hormis l'attentat lors de la célébration de la fête nationale, et voilà maintenant une succession de morts ternissant son image, de meurtres même dans un des quartiers connus pour être des plus populaires, parce que règne en apparence une atmosphère festive, avec un mélange des genres et des communautés minoritaires harmonieux, les commerçants de leur côté ne trouvant rien à redire, appartenant pour la grande majorité, voire pour la totalité à l'une de ces communautés. »

Était-ce une coïncidence, quelques fois, des faits mortels se produisent sans que personne ne s'y attende, ce qu'on appelle se retrouver face à son destin auquel la faucheuse sans prétention met un terme, souvent brutalement. Jim Wright refusait les coïncidences, laissant travailler dans l'ombre le pur hasard, mais de tels faits ne pouvaient, pour le journaliste qu'il était, s'avérer simplement fortuits. Il y avait forcément un lien de cause à effet. Partout où il se déplaçait et posait des questions, pour faire avancer son enquête souterraine studieuse, des êtres innocents trépassaient, comme chassés de cet endroit, une sorte de nettoyage d'ordures ménagères très bien organisé destiné à lui mettre des bâtons dans les roues, et à l'empêcher de progresser. Une idée saugrenue, certes, qui allait lui demander d'approfondir avec toute la justesse et ses qualités journalistiques, mais peut-être pas aussi absurde qu'elle n'y paraissait.

« Je menais une chronique au sein du journal, chronique que John avait acceptée de publier pour donner un peu d'élan à son papier, je suis victime collatérale pour une raison qui m'échappe, et je manque de porter le chapeau pour des tueurs, qui, le lendemain de mon passage, procèdent à la mise sous silence de deux personnalités du coin. J'avoue que cela me laisse plutôt perplexe et un goût amer dans la bouche. Certes je suis au courant des règlements de compte qui se produisent, mais davantage sur fond de drogue. Là, il n'est rien de tout cela. Pour autant, un nettoyage ethnique a commencé. »

Jim ne pouvait laisser dérouler les événements tristes les uns après les autres. Son âme de guerrier lui disait de pousser plus avant le champ de ses investigations, et il allait se garder à l'avenir d'en informer son chef, parce que toute cette histoire avait un sens ridicule. Une série d'enquêtes ridicule, une agression ridicule, une mort ridicule, une envie de reprendre à zéro ridicule, deux morts supplémentaires ridicules. De quoi certainement remplir les tabloïdes, avec des histoires sordides, mais là, tout était abracadabrantesque. Pourtant toutes ces morts correspondaient certainement à une stratégie, en y réfléchissant avec son flegme imparable, mais impossible de penser à un quelconque commanditaire, et de savoir en l'état actuel du dossier, s'il importait de se plonger plus avant. Car Jim se doutait bien qu'il mettait la main sur un gros poisson avec certainement d'importants enjeux financiers et économiques, et que sa présence ainsi que ses articles constituaient une mauvaise publicité pour de potentiels projets à venir. Sachant que lui de son côté y mettait toute sa véracité pour réhabiliter un quartier, mais aussi la communauté gay, et toutes les communautés minoritaires.

Jim allait pouvoir constituer un dossier solide avec des faits réels et des issues avérées, en remplissant les blancs liés aux causes et conséquences. John viendrait certainement bientôt aux nouvelles en l'absence de retour régulier sur la situation. Étant informé de tout ce qui passait par le biais d'autres correspondants sur place, et par le commandant de police.

Il ne lui servait plus à rien de demeurer sur les lieux, les témoins précieux auprès de qui il devait se renseigner avaient été transformés en charpie. Il y avait plus de caméras et de pistolets au kilomètre carré que dans n'importe quel film d'action, presque du cinéma hollywoodien. Jim ne retirerait pas grand-chose de plus, d'ailleurs, il n'était pas non plus dans une forme olympienne, car ces derniers épisodes ne présageaient a priori rien de bon au regard du contexte et jeter l'éponge pouvait être une sage décision. Mais il balaya cette idée de la tête. Au contraire, le contexte commençait à devenir palpitant, et sans doute, le malaise était palpable dans l'assemblée, écoutant les témoins présents. Ils avaient peur désormais pour leurs enfants, ces péripéties relevant d'une vengeance.

Jim avait interrogé deux ou trois personnes qui habitaient dans le coin au-dessus des commerces visés. Ils étaient incapables de donner quelconque détail, parce qu'ils n'avaient tout bonnement rien entendu. Comment cela était possible ? Le bruit des déflagrations avec la configuration du quartier remonte vers les étages supérieurs, même en présence de vent. Jim se persuada que les coups avaient été portés avec un silencieux, ce qui signifiait également qu'il ne devait pas y avoir de témoin direct, et surtout qu'il s'agissait de professionnels qui savaient parfaitement comment opérer, pour faire d'une pierre deux coups, dans un quartier demeurant animé en permanence où le passage de la moto ne réveillerait aucun soupçon. Mais rien ne disait non plus que les individus se trouvaient à moto, tant en marchant comme si de rien était, encore plus simple de commettre quelques exactions et de se perdre dans le dédale des rues et commerce.

L'enquête en dévoilerait certainement davantage dans les prochaines éditions, à moins qu'il y ait une rétention d'informations divulguées au motif de ne pas entraver l'action de la police criminelle. Car maintenant il y avait trois cadavres. Mais qui allait les faire parler, hormis de faire constater par le médecin légiste qu'il n'y avait aucune anomalie dans ces morts, la première par décapitations, les deux suivantes par hémorragie interne suite à un coup fatal porté aux poumons et à la tête. Dans les trois cas, les victimes s'étaient vidées de tout leur sang avant l'intervention de quiconque, une exécution qui ressemblait davantage à un règlement de compte, voire une punition. Il était impossible d'en réchapper. Il n'y avait pas de dégradation sur les murs, donc le coup avait été méticuleusement préparé, de manière à atteindre la cible uniquement, du beau travail apparemment, et du travail de professionnels.

Ceux qui étaient passés à l'acte étaient susceptibles d'être des tueurs à gages, des êtres agissants sans foi ni loi, sur ordre, ne se posant pas de question, exécutant en bonne et due forme un contrat avec à la clé une valise remplie de billets. Des gens peu scrupuleux, qui vivaient dans un monde clos, le plus souvent sous une fausse identité pour ne pas avoir de problèmes, et menant une vie retirée du monde. Mais qui donc avait intérêt à louer les services de ces êtres peu recommandables ? Et surtout dans quel but ?

Jim s'éloigna tranquillement des lieux où venaient d'être commis ces crimes abominables. Il commençait à cogiter sérieusement, sans pour autant se laisser envahir par des craintes. Cela commençait à faire beaucoup de coïncidences, et sans remettre en cause le cheminement du destin, il se sentit pour la première fois vivement concerné. Qu'il y ait un crime passe encore, mais plusieurs avant même qu'il ait pu s'entretenir avec les disparus, alors que les rencontres venaient d'être programmées, ça commençait à peser dans la balance. Deux personnes respectables venaient de signer leur arrêt de mort, alors qu'elles menaient leur existence à l'abri de toute médisance. Pour chaque crime, Jim se retrouvait implicitement impliqué. Son nom se retrouvait comme inscrit sur le front des victimes en filigrane. Son esprit se remit en mouvement, comme s'il était le signataire de ces crimes. Il faisait courir des dangers à bon nombre de personnes, qui devenaient des témoins gênants.

Alors qu'il marchait dans la rue Barla, son bras gauche sentit une étreinte le retenir. Jim sursauta sur le moment, ne s'attendant pas à être agrippé de la sorte, alors qu'il était plongé dans une méditation avec cette concentration impressionnante, qui ne l'animait que les jours où il s'investissait dans un sujet l'intéressant. Il fit un écart de côté de manière à faire lâcher prise. Il se tourna alors vers l'endroit d'où était parti le geste. Une femme cherchait à détourner son attention et l'invitait à la suivre. Elle était vêtue étrangement, toute recouverte de vêtements sombres avec des piercings sur le visage et aux oreilles. Ils se dirigeaient vers la colline du château, un endroit qui serait beaucoup plus calme. Jim était de plus en plus intrigué, et accepta de la suivre, sans même la connaître, sans même savoir s'il pouvait lui faire confiance.

Cette femme paraissait une créature de la nuit sortie de nulle part. Malgré ses rangers, elle avançait bien dans la pénombre. La colline du château n'était pas encore fermée, il restait environ une demi-heure avant que les lieux ne soient clos.

Elle était grande, mince, paraissait la trentaine, peut-être un peu plus et arborait un joli visage malgré ses extravagances extérieures. Certes elle ne passait pas inaperçue, mais à la nuit tombée et dans ce quartier, elle n'avait pas à craindre les regards. Elle paraissait tellement bien dans sa peau.

Jim avait remarqué dans son cou le même symbole que le mort de l'hôtel et que le propriétaire du restaurant jouxtant celui du Délice Bou, Laurent Garnier. Elle portait également aux doigts des bagues en argent représentant des têtes de mort.

— Je suis désolée de vous avoir surpris de la sorte. Je m'appelle Natasha, j'ai tout de suite remarqué que vous n'étiez pas comme le commun des mortels agglutinés à essayer de savoir ce qu'il s'était produit et surtout de voir les cadavres. Vous regardiez partout comme si en quête de quelque chose. Mais je vous ai aussi déjà remarqué dans le quartier les soirs derniers.

— Je suis journaliste, lui répondit aimablement Jim. Et en effet, je viens dans le quartier pour effectuer des repérages et des reportages.

— Je sais qui vous êtes, lâcha Natasha, vous êtes grand reporter, j'ai lu certaines de vos chroniques que j'apprécie beaucoup. Au moins quelqu'un qui se dévoue à faire mieux connaître des habitudes et des personnes qui sortent de l'ordinaire.

— Je vous remercie, un sujet qui me tenait à cœur de traiter et qui a été suivi par mon boss, qui m'a donné les coudées franches. Appartenant moi-même au monde homosexuel, donc à cette minorité sociale montrée du doigt dans le mauvais sens, parce que sujette à bon nombre de préjugés. Il me paraissait ainsi plus simple de m'infiltrer et d'avoir accès à certaines sources pour étayer les versions de mes chroniques. Bien qu'il règne en les lieux une méfiance totale. Mais j'ai l'impression que ces récents événements ne font que traduire un climat de suspicion, interne aux milieux ou extérieur, comme une mise en garde envers les notables.

— Vous êtes bien loin, cher monsieur de la vérité, et de la lourdeur du climat qui règne présentement dans notre quartier depuis les jours derniers, et la disparition de plusieurs des nôtres.

— Appelez-moi Jim, les convenances ne me ressemblent guère, Natasha. Vous m'avez un peu désemparé tout à l'heure, quand vous m'avez accroché par le bras, ayant été victime d'une sale agression, dont personne n'a parlé. Donc, vous connaissiez la première victime. J'ai observé que vous portiez un signe identique dans votre cou.

Natasha baissa son visage vers le sol, comme si un flux d'émotions remontait à la surface.

— Je le connaissais même mieux que quiconque, puisque nous partagions notre existence depuis cinq ans, dans le bonheur et la bienveillance. Jim vit poindre quelques larmes sur le visage de cette douce demoiselle. Cet homme était formidable, et nous nous étions rencontrés au sein de notre groupe, le cercle des Éclaireurs de la Mort. Il ne vous aura pas échappé que nous appartenons au groupe des gothiques, et du fait de notre apparence extérieure, nous sommes l'objet de jugements permanents, notre accoutrement n'est qu'une représentation et une opposition à ce que la société appelle norme. Mon partenaire s'appelait Simon Duterrier. Un homme adorable toujours prêt à rendre service à la communauté, qui s'investissait totalement dans ce cercle, pour le faire reconnaître comme tel, non pas comme un groupe de sauvages sanguinaires, mais simplement avec une façon de s'habiller ou de se coiffer différente. Nous ne demandions absolument rien à personne, simplement Simon tentait par tous les moyens de réhabiliter notre groupe, en organisant des comités d'informations, auprès de la population de la cité. Il n'avait essuyé que quelques rares refus de la part de ceux à qui il tendait la main, ayant cet esprit et cette bonne humeur joviale qui étaient l'une de ces caractéristiques.

— Un mouvement, si je comprends bien qui a besoin de cette mise en scène pour exister. Qui a besoin de se retrouver dans des endroits sombres, avec des objets peu courants, exprimant le côté macabre, pour ressentir l'esthétique romantique. Un mouvement qui se sent aussi incompris de la société, et qui au milieu d'autres communautés minoritaires, trouve son véritable idéal de vie.

— Vous avez bien cerné, Jim. Nous sommes au vingt et unième siècle, et aujourd'hui avec les réseaux sociaux, il est possible d'accéder à tout type d'informations, mais Simon œuvrait pour la connaissance de son mouvement, sans porter la moindre atteinte à qui que ce soit et certainement pas à faire de l'esbroufe, ayant la méthode pour rallier les foules. Chacun a la possibilité d'être mis au courant, et bien que le nom puisse inspirer l'horreur ou la terreur, nous ne sommes pas une secte, nous ne nous nourrissons pas de sang, nous sommes seulement des êtres vivants à part entière avec des mœurs différentes, qui ne sont pas en adéquation avec la société moderne. Pourtant, nous sommes des hommes et des femmes aspirant aux mêmes droits que n'importe quel autre citoyen, bien qu'affichant nos coutumes vestimentaires distinctes.

— C'est bien le propos de mes chroniques aussi, rétorqua Jim, faire admettre par ce biais et par une prise de position critique que tout groupe, à partir du moment où il ne relève pas de dérive sectaire a sa place dans notre société.

Natasha acquiesça.

— Ce n'est pas le vêtement qui forge la différence, et qui fait la personnalité de l'être humain. Nous savons parfaitement que pour accéder à certaines places, nous devons accepter les regards, mais en dehors d'une place sociale, rien ne nous interdit d'exister au travers des valeurs auxquelles nous sommes attachés. Simon était un battant, et soutenu par beaucoup de commerçants, il relayait avec beaucoup d'intelligence et d'à-propos les décisions du mouvement et était en concertation permanente avec Laurent. Vraiment, je ne comprends pas comment il a pu se retrouver dans cet état et dans ce lieu, laissé pour mort de la sorte, par des gens qui ont tout de mercenaires, et qui se préoccupent peu de la dignité humaine. Or nous ne sommes pas des porcs, encore moins du bétail.

— Donc, il n'y avait aucune raison pour que quelqu'un s'en prenne volontairement à lui.

— Franchement, je ne vois pas, ajouta Natasha, avant de partir en larmoiements. Nous avons beau porter en notre cercle l'ombre de la mort, nous ne sommes pas des terroristes, et nous ne pratiquons aucunement la sorcellerie. Certains veulent croire que nous instaurons un ordre de terreur et que nous sommes en mesure de propager l'horreur autour de nous. Mais nos membres sont pour la plupart des couples hétérosexuels ou homosexuels, peu importe, surtout ils ont des enfants qui sont scolarisés. Jamais nous n'avons essuyé de revers dans les hautes instances. Simon avait le don aussi de faire passer les messages et la diplomatie nécessaire pour s'adresser à un préfet, un maire, un président de cour de justice. Pas d'exaction condamnable relevée. Alors, je ne comprends vraiment pas comment il y a pu avoir une aggravation.

— Soyez garantie, Natasha, quc j'aurai le fin mot de cette histoire. Je suis un journaliste assidu, qui avait commencé de très sérieuses investigations. Et, alors que je m'apprêtais à rejoindre le président de l'association des commerçants du quartier et Laurent Garnier, dont le prénom m'avait été laissé, j'arrive dans le quartier et tout est sens dessus dessous. On aurait dit un champ de guérilla, et j'apprends en prenant contact avec les forces de police que deux notables vont maintenant passer le reste de leurs jours dans une boîte scellée sous terre. Au moment où je devais les rencontrer. Il y a quelque chose qui ne tourne pas rond. Je ne sais pas ce qu'il se passe au point de vue des enquêtes et de la confidentialité des renseignements, mais j'ai l'impression qu'une force tente de me dissuader de continuer dans mes avancées.

— Je ne sais quoi vous dire de plus. Laurent avait été élu directement comme président du cercle et il faisait l'unanimité dans la communauté. Un homme d'une gentillesse sans égal, toujours à l'écoute, toujours à vouloir régler les problèmes d'autrui, un être dans sa conscience altruiste, et humain. J'espère au nom des nôtres que ces odieux salauds vont le payer cher. Comment est-il possible d'user d'actes barbares à notre époque ?

Jim avait remarqué une éminence ventrale au travers des vêtements sombres, et il ne put se retenir de demander à Natasha.

— Vous êtes enceinte, c'est bien cela ?

Natasha se remit à larmoyer.

— Je ne peux pas le cacher, et au nom de mon compagnon, il est hors de question que je me fasse avorter. Ce bébé est le bébé de l'amour que nous entretenions et de la passion sans faille dans un même combat au quotidien. Ce bébé est le sien, et quand je le porterai entre les bras, ce sera comme si son papa se tenait à mes côtés, tellement heureux, tellement émerveillé. Vous voulez que je vous dise le fond de ma pensée. Celui qui lève la main sur autrui d'une quelconque manière n'aura droit à aucun repentir et devra vivre toute sa vie dans la terreur.

— Mes félicitations à vous, même s'il n'est pas temps pour les convenances d'usage. Ce bébé jouira d'un statut privilégié, dont vous prendrez le plus grand soin, par amour pour lui, par amour pour votre conjoint, qui ne méritait pas de telles atrocités.

Jim allait devoir faire demi-tour, car le parc de la colline ne tarderait pas à sonner la fermeture. Il redescendit en direction du port accompagné de Natasha et au niveau du monument aux morts, leurs chemins se séparèrent. Il s'était bien gardé de lui révéler l'épisode de l'hôtel, et pourtant, il pouvait avoir toute confiance en elle. Elle ne le trahirait pas, et s'il y avait un mot d'ordre au sein du cercle, c'est de toujours apporter assistance.

Jim quittait les lieux presque avec quelques regrets, mais il ne servait à rien qu'il poursuive cette nuit, interrompue par la cruauté.

Tout commençait à prendre une tournure passionnante. Il était hors de question d'abandonner les efforts fournis jusqu'à cet instant, et au nom des victimes ayant rejoint les anges de la promenade des Anglais, il se promit ouvertement que de telles abominations ne resteraient pas impunies.

Il fallait absolument qu'il voie John, et le plus rapidement possible, qu'il le tienne informé de la suite des événements, ce qui signifiait dans son planning demain matin. Pour son petit déjeuner. Dès qu'il se retrouva au niveau de Rauba Capeu, il envoya un message à John pour lui demander de venir illico à la première heure le lendemain matin, sans prévenir personne. Car il avait des faits urgents à lui divulguer, qui ne pouvaient attendre son bon vouloir. D'ailleurs, il devait déjà être informé.

Jim retrouva une ambiance plus chaleureuse en redescendant vers la coulée verte. Mais pas le temps de traîner. Gommant de son esprit affûté toutes les incompréhensions, il se concentra sur les nouveaux faits en présence. Décidément, cela bougeait dans certains endroits de la ville, comme jamais auparavant, mais pas dans un sens positif, plutôt dans un sens néfaste et nuisible à la population des administrés du maire. Le quartier dans lequel il passait semblait ne pas être au courant des événements récents, et continuait de vaquer à ses occupations, dans une atmosphère accueillante, avec une luminosité impressionnante, mettant en relief la colline du château et sa tour

Bellanda, dominant la mer et offrant un point de vue exceptionnel sur les horizons. Un des hauts lieux touristiques de la ville.

Il fallut une bonne demi-heure à Jim pour revenir à son appartement. Passé la porte, il glissa sur ses jambes, il était fatigué, mais assailli également de mauvais pressentiments. Il marchait dans l'inconnu, et dans une indifférence frappante. En venant même à soupçonner que ses démarches devenaient dangereuses pour lui, mais aussi pour les différentes communautés de genre. Il n'acceptait pas la défaite aussi vite, il n'accepterait pas que des gens qu'ils découvraient au cours de ses récents déplacements nocturnes puissent être les jouets d'une bataille politique, ou dieu sait de quelle autre guerre il pouvait s'agir, mais qui comme dans un jeu d'échecs font tomber les pions les plus exposés, parce que mise en échec dans la stratégie élaborée. Jim jouait ainsi à découvert, n'ayant pour sa part rien à cacher. Pourtant des personnes étaient informées en temps et heure de ses déplacements, de la programmation de ces rendez-vous. Bref, quelqu'un prenait le contrôle de son existence, le genre de désagréments qu'il haïssait au plus haut point, parce qu'ils bafouaient tous les principes de l'humilité et de la discrétion. Il ne savait pas à qui il devait en vouloir, pourtant, plusieurs points nébuleux orientaient de plus en plus lucidement ses réflexions vers une personne dont il ne se doutait même pas du rôle précisément, et à quel point allait son implication. Les faits présents avaient une allure gravissime, il fallait qu'il colmate expressément les brèches, mais qu'il consolide également sa position, condamnant de tels actes sauvages avec fermeté, qui ne concernaient que des membres des communautés minoritaires.

Chapitre XI

Jim s'endormit comme un bébé, après avoir autant battu le pavé niçois. Une de ces nuits comme il les aimait particulièrement, au cours de laquelle, il ne subissait aucun réveil soudain jusqu'au lendemain. Il avait une urgence prioritaire qui l'attendait, aussi, il prit soin de sa personne. John n'allait pas tarder à débarquer, et certainement, il voudrait profiter de cet avantage à se voir en solo dans l'appartement de Jim, pour un moment de sensualité, comme il y avait quelques semaines. Jim n'avait pas reparlé de cette aventure fort gratifiante et enrichissante, cependant, il n'avait pas oublié, restant presque imperturbable devant les rappels que lui lançait clairement John. Parce que l'issue avait été, voilà, ce qu'elle devait être en tenant compte d'un contexte incitatif à de tels rapprochements de formes.

Il entendit le moteur de la Porsche de John ronronner jusque devant son immeuble résidentiel. Non point que ce type de véhicule était une rareté dans son quartier, mais circulant rarement à une heure aussi avancée. John s'en venait avec quelque chose dans les mains, probablement des viennoiseries qu'il aurait prises à la meilleure boulangerie du coin.

John monta jusqu'à l'appartement de Jim par l'escalier de service. Il portait dans sa main droite les viennoiseries. Un peu de sport. Il s'était vêtu d'une tenue cool et chic, un jean Docker, un polo et une veste Lacoste, et des baskets Lacoste. Il ne tarda pas à arriver devant la porte de l'appartement, ayant grimpé les marches deux à deux. Un petit coup de sonnette. La porte s'ouvrit presque aussitôt, comme si Jim l'avait surveillé derrière l'œilleton.

John pénétra dans le couloir d'entrée, qui ouvrait rapidement sur le salon avec la terrasse. Pas de trace de Jim. Un jeu de pistes. Il appela son petit protégé. Qui ne tarda pas à surgir depuis la cuisine sur la gauche de l'entrée. Il était torse nu, comme cela paraissait très excitant. Son corps aux allures impeccables, ses pectoraux toujours aussi bien dessinés avec ses tétons fermes. Il adorait voir cette superbe créature de près.

Jim ne tarda pas à se jeter son cou, ce à quoi il ne serait jamais attendu, avec beaucoup d'énergie, l'enlaçant de ses deux bras forts.

« Et bien quel accueil », lui lança John, alors que les lèvres de Jim recherchaient les siennes, en remontant une série de baisers depuis le cou. « Quel engouement, quelle fougue, en l'honneur de quoi Jim, nous avons quelque chose à fêter ».

Jim sembla ne pas entendre, continuant de caresser de ses mains les fesses de John. Il débrailla le polo du pantalon, puis le lui ôta avec une dextérité étonnante. John n'en revenait pas d'autant de prévenance, adorant sentir les doigts courir sur lui. Il se sentait l'âme d'un jeune homme, lors d'un premier rendez-vous. Il se laissait d'autant envahir de nobles attentions, ayant tant espéré que ces contacts corporels puissent ressurgir.

Jim s'arrêta un instant, le temps de laisser un peu respirer John. Cette fois, ils iraient jusqu'au bout, Jim voulait lui faire connaître tous les plaisirs de la cause homosexuelle. Il se montrait très tendre avec son mentor, mais il suivait aussi un machiavélique plan. Il fallait coûte que coûte gagner l'estime de cet homme qui rêvait debout de cette situation, pour l'amadouer, pour mieux lui tirer les vers du nez. Quand

Jim se mettait à draguer et à flirter, il en devenait irrésistible, toutes ses hormones en action destinées à bouleverser l'esprit de John.

Ils se déplacèrent lentement jusqu'au grand lit dans la chambre contiguë à la salle de séjour. Jim dégrafa le pantalon de John qui glissa le long de ses jambes. Il se retrouvait comme pieds et poings liés, en slip moulant dont émergeait en avant une sacrée boursouflure, son sexe s'était durci avec la pression et les mouvements de sensualité. Jim le renversa sur le lit et prit le temps de lui enlever son pantalon et ses chaussettes. Avant de remonter avec les mains vers la ceinture. John se sentait désirable, il était prêt à se laisser pénétrer par ce sentiment indicible ravageur. Jim passa la main délicatement à l'intérieur du slip. Comme il était bon de palper ce membre vertigineux et ces testicules voluptueux. Il prit le bord du slip de chaque main et lui enleva doucement, ressentant les frissons le parcourir. Il découvrait la beauté de son terrain au grand jour, ce rameau qui se tendait à l'horizontale sous l'effet des doigts. Il attrapa John et lui susurra de se mettre sur les genoux. Il voulait toucher cette magnificence se dégageant de son aura. John lui obéit sans résistance, prêt à recevoir l'absolution divine. Son anus excité était déjà dilaté suffisamment. Jim enleva lui aussi son slip, son sexe étant durci au maximum, puis posa son gland contre cet anus désireux. Avant de se fondre brutalement en John. Il entendit ses halètements au fur et à mesure qu'il progressait. C'était le seul moyen de le dompter comme un lion rugissant de plaisir. John se découvrait au mieux. Il voulait être perforé et encore plus de la part de son chevalier servant manipulant avec beaucoup de tact, pour percevoir au plus profond les effets de cette chevauchée fantastique. Comme il appréciait cette position, comme il aimait en le moment se sentir possédé virilement. Un éclair lumineux le traversa, tout ce qui venait de son poulain était bon à prendre, prenant son pied sous le coup de chaque poussée intense. Et plus les coups s'abattaient, plus son sexe enflait jusqu'au moment où Jim ne put se retenir davantage et libéra un flot chaud de sperme le long de sa fente, John en éjaculant de même dans un écoulement infini sur les draps. Ils étaient parfaitement synchrones dans la jouissance de leurs sens. Puis ils retombèrent chacun l'un à côté de l'autre, épuisés de toute l'énergie qu'ils avaient dégagée. Ils restèrent ainsi un long moment à ne plus rien dire, simplement Jim passant sa main sur le beau corps transpirant de John, et descendant jusqu'à son pubis. Il écoutait ainsi la respiration de John, lequel semblait s'être endormi. Quelque chose de spécial venait de se produire, mais quelque chose d'indescriptible.

Il pouvait être fier de lui, donner du plaisir à un homme et pas n'importe lequel, celui qui était son mentor, celui qui avait été son précepteur au journal, celui qui lui avait enseigné tous les rudiments du métier de journaliste, celui qui était son meilleur ami, à qui il faisait découvrir la piste aux étoiles. Ils s'étaient toujours sentis proches, une étape supplémentaire venait d'être franchie. Il fallait aller jusqu'au bout pour gagner son entière confiance. Deux adultes consentants qui se témoignent du bonheur et du plaisir. Leurs corps désormais n'auraient plus de secrets pour l'un comme pour l'autre. Mais au fond, il y avait un grand attachement entre les deux. Même si les derniers jours, Jim avait pris un peu de recul, suite aux malveillances dont il avait les frais.

John se réveilla environ une heure après avoir fermé les yeux, il avait rassemblé tous ses esprits. Jim se trouvait à côté de lui l'observant avec beaucoup d'attention. Jim se trouvait sur le côté un coude sur le lit et une jambe passée sur le corps de John. Ce dernier ne pouvait espérer un réveil plus enchanteur.

Mais le temps passait vite. Et Jim savait ce qu'il devait faire.

— Tu as bien dormi John », lui dit-il après lui avoir lancé un baiser sur les lèvres.

— Merci Jim d'être auprès de moi à mon réveil. J'ai effectivement bien dormi, étant aux anges. Tu sais que tu me rends vraiment heureux, et en ce moment j'en ai terriblement besoin.

— À ce point, lui répondit Jim, passant sa main dans les cheveux de John, et sur les contours de son visage. Sans doute que le moment était propice à laisser enflammer nos corps et nos esprits, et il y a eu tellement de chamboulements ces dernières heures, de quoi les mettre promptement de côté. Mais je suis flatté d'avoir pu te donner ce que ton corps ne cessait de réclamer, que tu aies enfin pu te rendre aux évidences.

— Tu le fais avec un naturel décontracté de fort belle manière, me faisant ainsi oublier les vicissitudes de mon quotidien, qui est devenu un fardeau. Bien au-delà de ce que je pouvais espérer.

— Alors, tu m'en vois vraiment ravi, et je te le dis sans aucune arrière-pensée John, mais avec le cœur d'un être humain sensible. Tu semblais tellement tendu quand tu es arrivé, que je me suis dit que j'allais devoir faire preuve de patience, et de moult tendresses, pour parvenir à gommer cette tension palpable qui refluait de ton corps.

— Une autre casquette de ton être, un expert certes en fouilles de terrain qui n'hésite pas à se jeter dans les batailles au point de presque y laisser des plumes, mais aussi un expert dans l'art de combler autrui. Et tu gardes toujours ta bonne humeur même dans l'adversité.

Jim écoutait avec moult attentions chaque compliment auquel John faisait allusion. Jamais, il ne serait permis de mettre à exécution ce qui demeurait de l'ordre de ses phantasmes, sans un signe avant-coureur de son patron, sans une incitation à lui faire voir la lune. Ils s'étaient ainsi retrouvés par la force du destin à ne faire plus qu'un. L'espace d'un instant, ils s'étaient retrouvés en parfaite communion astrale. Comme deux dieux se délectant des plaisirs charnels de la vie terrestre.

Il n'en oubliait pas pour autant la raison profonde de la présence de John chez lui ni les motivations qui l'avaient conduit à un tel comportement. Il chassa de sa tête le fait qu'il s'agissait d'un traquenard ou d'une trahison des sentiments. Car il aimait John pour ce qu'il était, un homme intelligent, certes très compétent dans son domaine, mais dont l'existence paraissant être devenue un fiasco. Certes, il éprouvait un réel amour pour cet homme, et le voir nu allongé sur son lit, ne faisait que susciter sa convoitise. Mais il devait obtenir aussi des réponses à ses interrogations, sans jouer de malignité. Sa conduite n'avait rien d'inqualifiable, simplement, il devait laver son honneur de toutes les atteintes à sa dignité. Et il reconnaissait dans son for intérieur avoir profité d'une faiblesse de John.

Jim retira sa jambe de dessus le corps de John, et se leva pour aller chercher les viennoiseries. Il alla dans la cuisine, se saisit d'un plateau, et disposa le café ainsi que les viennoiseries dessus, puis ne tarda pas à revenir dans la chambre et à se repositionner au côté de John, lequel avalait chaque bouchée goulûment, se sentant comme un petit enfant innocent.

Jim attendit qu'il ait complètement terminé avant de lancer les hostilités. Ils allaient maintenant pouvoir entrer dans le vif du sujet.

« Ça va John, tu te sens mieux maintenant, que tu as l'estomac rempli, je te sers un autre café ?

— Je me sens comme un jeune premier après un rendez-vous galant

— Excellent, c'est aussi dans cet état que je souhaitais que tu te trouves, décontracté.

Le ton sur lequel Jim arracha ses derniers mots laissa perplexe un instant John.

— Tu paraissais tellement contracté quand tu es arrivé, je tenais à ce que tu te sentes à l'aise, reprit Jim, s'étant aperçu de la pointe d'amertume dans ses précédents mots. Excuse-moi du changement de tonalité soudain, sans doute je me suis laissé emporter par le trouble que je peux ressentir.

Il fallait qu'il apaise la situation et qu'il la retourne à son avantage, il devait amener le sujet qui le préoccupait de manière insoupçonnable, John paraissant être le seul capable de lui donner des réponses. Il ne le quittait pas des yeux, observant chaque clignement d'œil et le léger sourire à la commissure de ses lèvres. Pourtant, il ne devait pas perdre son sang-froid, et se laisser incommoder par une rancœur personnelle.

— Je ne t'en veux absolument pas, tu sais, continua John. Tu viens de vivre tellement de péripéties haletantes, que j'entends que tu puisses être nerveux. D'autant qu'elles ont failli te coûter très cher.

Nerveux n'était pas le terme approprié à la situation. Remonté était plus juste. Jim avait subi un affront sauvage, et en l'espace d'un peu plus d'un mois, tout s'effondrait autour de lui, pour autant, il conservait sa quiétude admirable. Néanmoins, il devait garder en ligne de mire les raisons pour lesquelles, il avait fait venir et de bon matin John à son domicile. Dehors, les lueurs commençaient à poindre et bientôt, le soleil n'allait pas tarder à se lever dans le ciel au-dessus de la mer traçant un sillon rectiligne dans les vagues, d'une intensité à aveugler en le regardant fixement.

— Tu sais John, je n'ai de cesse de reprendre l'historique des faits, et de ressasser dans tous les sens les événements depuis le début, mais mon esprit ne parvient pas à tout coordonner, car il y a des inconnues à toute cette équation, et tu me sembles le plus à même d'apporter ton concours à sa résolution.

— Mais comment pourrai-je t'apporter mon aide ? Tu sais bien que jamais je ne te ferai défaut dans la construction de la vérité.

— Alors, permets-moi de te poser cette question fondamentale : comment se fait-il que dans tous les quotidiens ayant relaté ce terrible assassinat, et l'agression dont j'ai été l'objet, qui a failli, oui je dis bien failli, m'en coûter de graves dommages corporels, il n'apparaisse à aucun moment l'identité de l'homme retrouvé dans la baignoire, pas plus que mon identité.

John se leva brutalement, comme s'il se retrouvait à la barre des condamnés dans un tribunal, son visage n'était pas défait, pour autant il ne laissait paraître qu'un rictus, un sourire de complaisance.

— Tu m'accuses donc d'être au courant de ce qui semble pour toi être une machination, qui n'avait que pour unique objectif de devoir te clouer au sol, parce que ton métier de journaliste t'a fait croiser la route d'un tueur malencontreusement, et bientôt, tu vas me dire que je suis complice des instigateurs de cette sauvagerie, lui envoya John, sans se soucier de la teneur des propos avancés.

— Pourquoi je devrais t'accuser, John, tu te méprends sur mon compte, mais avoue qu'il y a des éléments graves et concordants, au centre desquels je me retrouve, sans n'avoir rien cherché, hormis d'effectuer mon travail et le plus rigoureusement possible.

Jim gardait son ton placide, sans se départir, avec l'assurance révélatrice de son tempérament d'enquêteur journalistique, rodé à toutes les astuces du métier.

— Il ne t'est jamais venu à l'idée, ou peut-être que je ne te l'ai pas manifesté, qu'il m'en a énormément coûté de te retrouver ainsi presque entre la vie et la mort. Et pourtant, je suis le seul qui ait pris des nouvelles de ta santé tout le long de ta convalescence, pour m'enquérir de savoir comment tu évoluais.

— Loin de moi l'idée, John de te jeter la pierre, ce n'est pas dans mes habitudes, néanmoins, l'absence de mon identité, passée sous silence, alors que ma présence sans pour autant révéler mon identité, aurait pu être signalée. Étant un témoin clé de la scène.

— Je te le concède, Jim, mais est-ce que tu t'es dit aussi, que ne rien dire de ce qui t'était arrivé, permettait aussi de te protéger, pour éviter un bis repetita. Tu crois que te retrouver dans cet état ne m'a pas fait assez de mal en te voyant aussi tristement amoché, que des individus d'apparence fort bien organisés puissent te laisser presque pour mort, et de surcroît avec la présence d'un cadavre, dans la salle de bain attenante, pour te faire porter le chapeau dans le genre dispute qui aurait mal tourné.

John parut sur le coup sincère, et certainement, il l'était, des larmes se mettant à couler sur ses joues, pour autant Jim, aussi compatissant soit-il, fit comme s'il n'avait rien remarqué. Il était hors de question de se laisser duper par les sentiments, encore moins par ce qui venait de se passer dans la chambre de son appartement. Pas un moment d'égarement, loin de là, mais il n'était pas du genre à s'épancher aussi facilement, et au vu de la situation, John n'allait pas tarder à lui faire une révélation ou une déclaration. Ou bien, demeurer stoïque.

— T'es-tu seulement jamais demandé Jim, quelle peut être la nature de mes sentiments à ton égard ? T'es-tu jamais demandé pourquoi je t'accorde au sein du quotidien une place privilégiée ? Et pourquoi, je te suivais dans toutes tes élucubrations ? T'es-tu jamais demandé pourquoi tu as été promu rapidement grand reporter ? Non, parce que tu n'es pas du genre à te laisser envahir par les émotions, parce que tu n'accordes aucune importance à la sentimentalité, guidé seulement par ta conscience professionnelle, qui est le seul moteur de ton existence. Alors, puisque nous jouons cartes sur table, autant te dire que je suis amoureux de toi depuis longtemps, même si tu ne vois rien, ta fougue, ton énergie, ta capacité à gérer les conflits avec une facilité déconcertante, me rappellent celui que j'ai pu être à ta place autrefois. Alors, oui, permets-moi de te dire, que j'ai vu le moment où la seule personne qui compte pour moi, allait être rayée de la carte, et que je n'aurai plus personne vers qui me tourner, perdant un ami, un allié, un confident. La personne qui compte le plus pour moi en ce bas monde.

— John, n'en dis pas plus, je t'en prie, l'avertit Jim. Je te connais depuis suffisamment longtemps, et je sais que tu ne commettrais rien à mon encontre, et qui puisse me faire souffrir. Excuse-moi pour cette presque accusation lancée. Mais elle n'est pas dirigée contre toi au premier chef. Je reconnais ton sens complaisant, et je n'attendais pas à une telle déclaration de ta part. Pour autant, avoue que même mettant de côté les faits me concernant, l'identité de l'homme retrouvé égorgé n'a même pas été une seule fois prononcée. Le genre de détail que je ne peux cautionner, en ma qualité de journaliste. Par ailleurs, je me rends dans le centre-ville hier alors que je venais de te donner l'identité de la personne que je devais rencontrer pour continuer mon sujet d'étude. Cette personne est assassinée juste avant ma présence sur les lieux et tu étais le seul au courant de son identité. Tu ne trouves pas ce fait étrange ?

Ils étaient maintenant tous les deux assis sur le lit, main dans la main. Pour autant, pas question pour Jim de céder à la tentation et à la gourmandise. John avait marqué un point, mais cela ne répondait pas au questionnement de Jim. Il fallait qu'il réagisse, et se démarque sans plus attendre, sous peine de se laisser attendrir par un discours. John était de sa pointure, et possédait toutes les cartes en main, tout était dans la façon de les exposer, et dans l'ordre dans lequel il les présentait. La dernière remarque de Jim fit virer John à l'irritabilité.

— Tu m'accuses d'une complicité avec un complot monté contre toi, Jim, c'est bien cela ?

John se dégagea de la main de Jim, se leva brutalement, renfila ses vêtements, et sans un regard porté, ne serait-ce qu'à celui qu'il aimait et qui le traitait de traître, il s'échappa de l'appartement claquant au passage la porte dans un bruit tellement sourd que Jim en entendit les voisins sortir sur le palier, la violence du choc ayant fait trembler tous les murs de l'étage. Il entendit dans la rue le moteur de la puissante Porsche vrombir, avant que les bruits ne soient estompés par la routine de la rue.

Chapitre XII

Une déroute que Jim venait de subir, mais il fallait qu'il replace les éléments dans leur contexte, il s'en voulait d'avoir un peu trop appuyé avec insistance, faisant allusion presque au ton accusateur qu'il avait employé. Dans d'autres circonstances, il aurait jubilé, mais il était flagrant qu'il avait forcé sur la corde sensible de John, et maintenant, cela allait devenir compliqué de regagner son estime. Jamais, les deux hommes ne s'étaient accrochés de la sorte, jamais John n'avait sorti l'artillerie de la défensive, et des arguments d'un romantisme qui aurait pu faire douter tout esprit un tantinet fleur bleue.

— Peut-être que je me trompe, peut-être que John n'est pour rien dans cette sordide affaire, peut-être me suis-je montré trop dubitatif, alors qu'il a pris pour argent comptant nos échanges intimes, et que j'ai fait montre d'un comportement par trop cavalier. Pour le coup, ma démonstration avec les deux meurtres de rue est réduite à zéro. Mais, il est hors de question que je me résigne à cet échec. Il y aura d'autres opportunités de remettre cette histoire sur le tapis dans un contexte différent.

Il prit son smartphone dernier cri Samsung et composa le numéro de John. Comme il le pensait, il se trouvait sur répondeur. John avait dû mettre son filtre sur les appels entrants. Il ne lui laissa aucun message. Mais il n'allait pas se laisser déséquilibrer par l'altercation des deux hommes, au contraire, il avait vu en les explications de John un éclaircissement, sans remettre en cause tout le respect qu'il témoignait à cet homme, sans remettre en cause l'amour qu'il ressentait pour lui. Pour autant, il savait que John reviendrait vers lui à un moment, sans déterminer où ni quand. Il n'était pas le moment de flancher, pas plus que de s'étendre, mais ils étaient tous les deux faits d'acier trempé, un avantage à la désinvolture de Jim, sachant caresser dans le sens du poil pour mieux asséner le coup. Sans doute la raison pour laquelle, ils étaient mutuellement admiratifs l'un de l'autre.

John était reparti quelque peu émoussé de leur dernier échange. Il n'admettait pas que son poulain puisse le maltraiter de la sorte, alors qu'il avait tout fait pour lui par le passé.

Il continuerait de le protéger autant qu'il lui serait possible, au fond peu importe qu'il en paie le prix fort de sa vie, il sc sentait déjà condamné, à une peine lourde, dans son élan du cœur auquel Jim n'avait pas été réceptif du tout, mais surtout, une double peine l'attendait ailleurs, ayant reçu les résultats sur son portable d'une biopsie effectuée au service oncologie de l'Archet, quinze jours auparavant, révélant le stade avancé de son cancer au cerveau. Son épouse, médecin neurologue était la seule au courant, la seule capable de comprendre, et elle le soutenait avec un courage énorme, dans un total dévouement et avec abnégation. Elle savait la progression insidieuse de ce cancer métastasé dans toutes les cellules de la tête. Mais elle respectait la décision de son mari qui avait arrêté toute forme de traitement contre cette pathologie irréversible, conscient du nombre de jours qu'il lui restait à vivre. Elle partait du principe qu'il fallait qu'il vive désormais le meilleur, aussi la raison pour laquelle, elle avait accepté sans aucune contestation, qu'il prenne sa liberté sexuelle, ce qui ne pouvait que donner plus de piment à leur couple. Elle était consciente du bienfait stimulant que cela apporterait à son époux. Car le nombre de mois lui restant à vivre était limité.

John s'était bien gardé de prévenir quiconque de cette terrible nouvelle. Il ne ressentait aucun trouble visuel ni aucune migraine, même pas de fatigue extrême. Au contraire, travailler à son journal était un stimulant permanent.

Il se décida à passer un coup de fil au commandant Jones. Il se sentait ragaillardi subitement, le couperet venant de tomber, il n'avait désormais plus rien à perdre. Il n'avait pas grand-chose à gagner, sauf de remonter dans l'estime de son poulain, auquel il avait honteusement menti, et sur tous les fronts.

— Commandant Jones

— Ashton, je croyais avoir été clair pourtant.

— Vous allez m'écouter Jones. Je vais être très clair dans mes propos. Vous avez perdu la tête ou quoi ? Ou plutôt les membres de la congrégation d'un ordre nouveau.

— Qu'est-ce que vous me racontez là ?

— Ça ne vous a pas suffi de faire condamner un innocent, mais en plus il fallait qu'il se produise ce double homicide, et en pleine ville, dans le quartier du port, comme si cela n'était pas anodin.

— Et vous avez des regrets, quant à avoir sur la conscience la mort de ces raclures de la société. Mais vous ne manquez pas de toupet tout de même, vous vous croyez infaillible, parce que porteur au travers de votre quotidien lequel atteint des audiences record, par le biais de votre nouvelle chronique, dont vont à se délecter les membres suprêmes de la congrégation qui y voient une opportunité supplémentaire d'accélérer la destruction de ce quartier et de le chasser de tout ce qu'elle estime être de la racaille de fond.

— Des regrets, j'en ai oui, et mon plus grand regret est de vous avoir croisé, commandant Jones. Vous êtes un homme de la pire espèce, d'une ignominie sans commune mesure, qui sous peine de devoir faire respecter l'ordre public dans les rues du quartier, ne fait que régner sans partage sur des êtres humains, décidant non sans avoir l'aval de la tête de la congrégation, qui vous accorde sa carte blanche illimitée, tant que pas éclaboussée dans un scandale, de qui doit ou ne doit pas mourir, instaurant un climat d'horreur et de suspicion à grande échelle, dans un quartier des plus paisibles de la ville, mais qui est devenu un champ de bataille.

Et vous osez me dire que je ne manque pas de toupet ?

— Arrêtez votre cinéma Ashton, vous me donnez envie de vomir.

— Vous croyez-vous suffisamment intelligent, ou supérieur au point de croire que vous ne serez jamais déstabilisé ?

— Est-ce une menace Ashton ? Croyez bien que je ne vous aime pas, et que je ne vous ai jamais aimé. Vous avez beau être à la tête d'un journal, comment dire éclairé, gardez en tête que votre notoriété peut être détruite du jour au lendemain. Et que vous aurez grand-peine à retrouver un emploi vous permettant de vivre dans l'opulence.

— Mais je m'en contrefous de l'opulence, Michael. Vous pensez, parce que vous êtes commandant de police, que cette fonction vous octroie un pouvoir de décider, mais ce que vous faites me répugne, et je ne puis vous dire à quel degré. Vous êtes l'antithèse de tout ce qui est attendu d'un officier de police, qui se sert de son statut pour mandater des tueurs à gages, tout ça pourquoi ? La première fois qu'il prononçait le prénom du commandant Jones, que peu s'aventuraient à dire.

— Pourquoi, vous me demandez pourquoi ?

— Oui pourquoi réellement ? Pour une poignée d'euros ?

— Mais vous n'avez décidément rien compris Ashton. Le pouvoir, l'accès au trône, la domination, être au courant de tout et avoir une place de choix dans la congrégation au côté de ses membres éminents, industriels, milliardaires, politiciens, et autres notables de la région. L'impression d'exister réellement et de rendre service à la congrégation

— J'espère que vous parvenez à vous regarder dans la glace chaque matin, car vous me dégoûtez, d'une force incommensurable. Le pouvoir, au sens de servir une juste cause. Mais au fond, vous n'êtes que de la vermine, et la vermine se traite comme il se doit, sans aucune considération. Elle termine dans les bas-fonds.

— Vous dépassez les bornes Ashton, attention, vous risqueriez de le regretter amèrement.

— Croyez bien que vous ne me faites pas peur. Mais sans doute vous allez déchanter à un moment donné, et vous ne verrez même pas le coup venir, comme ces deux pauvres gérants de commerces, auxquels vous n'avez accordé aucun droit de vivre, si ce n'est leur délivrer le permis de mourir. L'argent, vous croyez me tenir avec cela, mais que la chose soit bien claire, stopper net où nous en sommes ne m'empêchera pas de continuer de vivre, par contre, je serai lavé de tout déshonneur à être en relation avec des personnes infâmes et ordurières comme vous l'êtes, qui n'inspirent que de l'écœurement. Continuez ainsi à vous croire invulnérable, inébranlable, mais les tremblements de terre savent mettre à mal les édifices les plus solides. Vous ne tarderez pas à pâtir de déconvenues, croyez-moi sur parole.

— C'en est assez Ashton, ça ne vous a pas suffi la mésaventure de votre petit protégé, Jim Wright. Et en plus, il faut que ce bouseux vienne fourrer son naseau dans nos affaires. Qu'est-ce que vous croyez, que nous ne savons pas qu'il se trouvait dans l'hôtel, et dans la chambre où le corps de Simon Duterrier a été transporté ? Laissez-moi vous dire que nous avons un fichier de toutes les empreintes existantes, et qu'il n'a pas été compliqué de remonter jusqu'à lui. Mais si nous n'avons rien révélé, pour ne pas mettre en péril la congrégation, un journaliste accusé de meurtre, retrouvé dans une chambre sordide d'un hôtel miteux, vous imaginez la suite, quant à la notoriété de votre journal.

— Ainsi donc, c'était cela, vous l'avez laissé continuer sans entraver ses mouvements pour aussi mieux vous en servir parallèlement dans votre projet de destruction. Et moi qui n'ai pas osé lui dire la véracité des faits, alors qu'il mettait en doute ce que je disais. Mais vous êtes vraiment une pourriture. Me faisant jouer le rôle de l'intermédiaire. Bloquant d'un côté ses enquêtes et vous informant en temps et heure de son planning. Vous vous êtes servi de moi, de ma naïveté. Vous allez le payer chèrement, croyez-moi, et ce n'est pas une parole en l'air.

— Pauvre oie blanche innocente, mais vous avez aimé le foie gras et autre. Et maintenant, il joue les effarouchés. Elle roule bien votre Porsche Carrera 4 S ?

— Pourquoi cette question ?

— À bon entendeur, salut, Ashton, plaisanta Jones avant de raccrocher.

John raccrocha et laissa tomber le téléphone sur le siège passager. Et prit le contrôle de son bolide à deux mains. Il roulait sur la moyenne corniche en direction d'Eze. Il avait grand besoin de s'échapper et de prendre un peu d'altitude.

Pendant ce temps, Jim ne cessait de ruminer dans sa barbe. Il avait chaussé ses baskets et était parti courir sur la promenade.

— Mais où es-tu bordel ? Pourquoi tu ne réponds pas John ? Je m'en veux tellement de t'avoir mis en défaut de la sorte, je ne voudrais pas que tu fasses une bêtise.

La mer était d'un bleu turquoise splendide, couleur activée par le souffle certain du vent. Il avait revêtu son coupe-vent pour empêcher toute prise d'air néfaste à sa progression. Jim était un peu énervé, point contre John, mais contre lui-même, car il avait repoussé John dans ses retranchements, lequel avait adroitement trouvé une parade, mais qui n'avait eu aucune emprise sur Jim, et pas l'effet escompté. Y compris le mot sonnant comme de la magie « Amour ». Jim était-il donc un cœur de pierre ? Il s'en défendait diablement.

John, après avoir goûté aux paysages découverts d'Eze, s'était aventuré dans les ruines du château dominant l'espace, puis après avoir bien mangé à la terrasse du restaurant de la Chèvre d'Or, il reprit son bolide en direction de Monaco. Il fallait absolument qu'il se délecte de mets délicieux, avant de reprendre sa route vers la principauté, sachant sa fin venir prochainement, ce qu'il appelait tout bonnement profiter de la vie et des bonnes choses qu'elle offre, surtout qu'il en avait les moyens. Il se félicitait intérieurement de la manière dont il avait parlé au commandant Jones, mais il ne craignait plus les menaces, quelle que soit la personne dont elles émanaient, se trouvant déjà dans les méandres du couloir vers la mort.

Il passa la cinquième, et amorça la descente sinueuse vers la principauté. Ce n'est qu'au premier virage vers la gauche après la sortie d'Eze, qu'il sentit que les freins ne répondaient pas. Il appuya à plusieurs reprises dessus, mais rien à faire. Le système flottait dans le vide. Quelqu'un avait siphonné les freins et le liquide se répandait sur la route, il le voyait dans les rétroviseurs. Il vit alors défiler dans un dernier effort pour contrôler le véhicule, tous les moments clés de son existence. La voiture ne cessait de prendre de la vitesse avec la côte pentue. Au moment de prendre le dernier virage, sa Porsche affichait plus de 110 km/h, il ne put maintenir le volant si bien que son véhicule alla tout droit, passa la glissière de sécurité présente tout le long de la descente dangereuse, subissant une chute libre d'au moins 50 mètres pour s'écraser complètement en bas de la falaise sur les rochers.

Chapitre XIII

Jim avait passé une bien mauvaise dernière nuit, n'arrêtant pas de tourner à gauche, puis à droite, en constante agitation. Se levant pour boire, se recouchant. Ce n'était pas dans ses habitudes, d'avoir un sommeil aussi mouvementé, mais il avait un terrible pressentiment, suite au départ de John, d'autant que son smartphone était sur répondeur permanent, ayant essayé à plusieurs reprises de l'appeler. Et depuis la fin de l'après-midi, la ligne était en dérangement.

« Bon Dieu, John, mais qu'est-ce qui se passe ? Je cherche à te joindre et tu ne réponds plus, comme si tu étais aux abonnés absents. Je suis très inquiet, tu sais ».

Lui vint alors l'idée de passer faire un saut au journal. Après tout, il n'était jamais mal venu dans les lieux et il était sûr de pouvoir toper John, il faisait aussi partie des meubles.

Jim débarqua dans les locaux du journal dans la matinée. Mais il ne trouva pas grand monde présent sur les lieux, étrange et le bureau de John était vide, encore plus étrange pour un rédacteur en chef.

Jim alla se renseigner auprès de la seule journaliste présente. Quand il arriva à sa hauteur, il la surprit les mains sur ses yeux en train de pleurer à chaudes larmes.

« Salut Nadia, ça semble bien vide ici, mais que se passe-t-il ? Tu as des problèmes personnels.

— Tu n'es pas au courant Jim, lui répondit Nadia, s'essuyant le coin des yeux avec un Kleenex. Mais ils n'en ont pas parlé aux informations matinales. La voiture de John a été retrouvée en contrebas de la route allant Monaco par la moyenne corniche.

— Quoi ? lui lança Jim. Dis-moi que c'est une plaisanterie.

— Tu crois que j'ai envie de rire aujourd'hui. Le reste de l'équipe de rédaction est à l'étage. On est sonnés, crois-moi, après avoir appris cela par un confrère. On vient de déclarer jour de deuil au journal. L'épouse de John est présente.

— Sylvie ? OK. Je monte à la cafétéria. Merci Nadia et vraiment je suis désolé et je ne trouve les mots.

Jim s'éloigna des bureaux, et se dirigea vers les escaliers, pour monter à l'étage. Une fois qu'il se retrouva seul, il s'effondra, les mains cachant son visage.

« Mais qu'est-ce que j'ai fait ? Mon dieu au secours. Aidez-moi. »

Il resta accroupi un bon quart d'heure. Se vidant les canaux lacrymaux. Il était comme tétanisé, il n'arrivait plus à reprendre son souffle.

« Putain, mais c'est quoi cette dérive, mais que font les pouvoirs publics, un nombre de morts ayant tous un lien entre eux et sans cesse grossissant. Nice serait-elle en train de devenir un terrain de guerre, ou la cité du crime ? Jamais la ville n'a enregistré autant de morts suspectes depuis l'attentat terroriste, et toutes ces disparitions ont manifestement un lien avec ma sévère agression, et mes enquêtes, mais pourquoi John ? Il y a quelque chose qui ne tournait pas rond. John s'en voulait et je ne l'ai même pas écouté s'expliquer. Mais que cherchait-il à me cacher ? Certainement pour me protéger de personnes à qui il ne fallait surtout pas donner ses enfants à garder. Mais que vais-je devenir sans toi, John ? Te donner la vérité, la moindre des choses que je puisse faire pour rétablir ton honneur. Tu ne méritais pas de tomber sous les mains de ce gang, la vérité sera rétablie. »

Jim se releva péniblement, en restant adossé au mur, ses joues demeuraient pourpres. Il n'avait plus la force, il était complètement sous le choc, une sensation indéfinissable. Il venait de perdre l'homme de sa vie, il ne se figurait pas ne plus le voir. Un vide béant se fit en lui, son cœur était fendu à jamais, son âme pourfendue, quelqu'un avait osé toucher et s'en prendre à celui qu'il aimait le plus se défendant de lui déclarer ouvertement sa flamme. Il allait le démasquer, ce qu'il considérait comme un odieux crime ne resterait pas impuni. Et il avait déjà sa petite idée sur la question des responsables.

Il grimpa l'escalier en se tenant à la rambarde, son corps manquant de force.

Quand il arriva à l'étage et à la cafétéria, tout le personnel était réuni pour lui rendre un hommage solennel. Les regards étaient fermés et sombres, personne n'avait envie de sourire. Tous appréciaient le rédacteur en chef du journal, à l'unanimité. Jim observait toute la foule, à la recherche de l'épouse de John. Elle se trouvait là parmi tous, ayant déjà revêtu la tenue de deuil. Il semblait qu'elle savait déjà ce qui venait de se passer.

Jim se dirigea vers elle et quand il fut à proximité immédiate, elle le vit alors et fondit dans ses bras. Il était triste pour elle, mais Sylvie avait toujours été une femme forte, elle surmonterait son chagrin, n'ayant du reste pas l'air très étonné.

— Salut Jim, que ça me fait chaud au cœur de te voir

— Salut Sylvie, toutes mes condoléances, mais que s'est-il donc produit ?

— Un accident, c'est bien le mot que j'ai entendu, voire même suicide. Mais John n'était en rien suicidaire, et je ne suis pas certaine qu'il aurait eu seulement les couilles de se suicider. Il était d'une prudence exemplaire sur la route, conduire ou plutôt piloter un tel bolide n'étant pas un jeu ou une partie de plaisir. D'ailleurs, je ne puis m'expliquer comment il était parvenu à se payer un tel joujou. Je sais qu'un rédacteur en chef gagne très bien sa vie, mais pas au point d'être propriétaire d'un tel véhicule. Maintenant, ma peine est passée, Jim.

— Ta peine est passée ? Que veux-tu dire Sylvie ? Je t'avoue que je suis en train de perdre complètement pied sur le monde actuel. Et je n'arrive pas à encaisser l'onde de choc, qui semble tout détruire sur son passage.

— John était condamné, Jim. Il ne lui restait plus que quelques mois à vivre, étant atteint d'un cancer du cerveau en phase terminale. Jim parut sonné, et mis hors d'état de nuire. Ce coup était de loin le plus violent qu'il puisse recevoir.

— Était-ce une raison valable de le tuer ?

— Le tuer ? Tu veux dire que quelqu'un a volontairement truqué les dés, pour le faire taire dans le repos éternel.

— Oui Sylvie, une personne se sera chargée de cette tâche, parce que je crois que John était devenu un témoin gênant, qui en savait trop dans une affaire, dont les fondements m'échappent. Je ne peux pas encore le prouver, mais John aura fait les frais d'une personne mal intentionnée. Y a-t-il un élément que tu serais en mesure de me donner, te mettait-il au su de ses conservations ?

— John ne se livrait pas trop et préférait laisser les affaires au bureau. Jamais je ne me suis souciée de ce qu'il organisait, tout était si harmonieux entre nous, jusqu'au moment où il a senti que quelque chose n'allait pas. Nous menions une vie heureuse et trépidante. Mais j'avoue que ces derniers temps, j'ai entendu plusieurs fois le téléphone sonner, et que la personne au bout du fil pouvait avoir un comportement agressif, qui mettait forcément John hors de lui. Seulement, il avait cette faculté de masquer les difficultés et par respect, jamais je ne posais de question dérangeante.

— Tiens, tiens comme cela est intéressant.

— Une voix d'homme que je peux même préciser, mais apparemment les échanges n'avaient rien à voir avec la diffusion d'informations, je n'ai pas souhaité m'immiscer, Jim, mais je t'avoue que je me suis posé pas mal de questions, notamment comment nous pouvions avoir cette vie, en comptant seulement sur nos revenus, d'autant que pas un seul crédit en banque. J'ai préféré laisser John gérer seul, sachant qu'il avait cette force.

— Je pense, Sylvie, que tu as bien fait, même très bien fait, car il y a beaucoup d'éléments récents qui me chiffonnent, et quand bien même, nous étions très proches avec John, il ne me mettait pas dans toutes les confidences.

— Tant que notre couple ne pâtissait pas de la situation, et puis, il y a eu cette nouvelle qui nous a ravagés brutalement, ces résultats d'analyse. Alors on a décidé d'un commun accord de se battre à deux contre la maladie.

— Je suis vraiment désolé, Sylvie, John ne m'a pas livré son état de santé, tout paraissait aller bien pour lui. Mais sois garantie que je n'en resterai pas là. J'ai besoin de connaître la vérité. Pour te dire Sylvie, je pense que tout a dérapé depuis le jour où j'ai été victime de cette agression.

— Oui, je sais, Jim, j'espère que tu as pu récupérer, John m'en a parlé longuement, il ne comprenait pas pourquoi, mais il était affecté au plus intime de son être, ce qui ne pouvait qu'aggraver un peu plus son état de santé.

— Je t'en reparlerai Sylvie, ne remuons pas plus ici les souvenirs, car je suis profondément triste aujourd'hui, et par respect pour lui, nous devons respecter ces moments. Mais comme il me fait vraiment plaisir de te voir, tu ne peux pas savoir à quel point.

— Dès que tu peux, viens à la maison, je suis en arrêt le temps de prendre le temps de régler les différents dossiers.

— Si je peux d'une quelconque manière t'apporter mon aide, tu peux compter sur moi.

— Mais tu comptes beaucoup et ta présence me fait un bien fou, et est aussi un soulagement, crois-moi Jim.

Jim prit la parole dans l'assemblée pour dire un mot d'adieu à son ami, même si cela lui en coûtait beaucoup. Un éloge à son métier, un éloge à son éloquence, un éloge à sa personnalité. Des mots amplement mérités pour une telle carrière, pour avoir mené le journal où il le souhaitait, mais certainement au prix de risques inconsidérés. Il n'y en aurait jamais assez pour décrire la grandeur d'un tel homme. Il était le mieux placé aussi, car sans lui, il ne serait pas devenu le professionnel qu'il était.

Après quoi, il disparut de l'assemblée, car il ne se sentait pas concerné par une réorganisation du journal, et à dire vrai, c'était bien le cadet de ses soucis en l'instant précis, promettant à Sylvie de passer rapidement avant son départ. Il était complètement abattu, même s'il tentait de ne pas perdre pied, il lui semblait que la terre s'ouvrait sous ses pieds, il aurait préféré se voir englouti. Il n'arrivait pas à réaliser. Il lui fallait disparaître quelques jours, pour prendre du recul par rapport à ce drame, et par rapport à la situation. Il n'était pas le moment de flancher, et de s'appesantir sur son sort. Car celui de John avait été parfaitement réglé, et dans les règles de l'art.

Il retourna à son appartement, prépara une valise avec quelques vêtements. Il devait se mettre au vert pendant quelque temps, l'atmosphère dans la ville de Nice étant devenue pesante. Le seul moyen aussi de pouvoir retrouver la tranquillité. Il ne cessait de penser à la discussion qu'il venait d'avoir avec Sylvie, ce qui le perturbait. Il devait en premier lieu établir un lien entre l'accident fatal de John et toute cette sombre affaire. Avant de prendre le large, il passerait à la villa de Sylvie. Il ne s'inquiétait pas trop pour elle, une femme forte qui savait gérer, et qui n'aurait pas de problèmes financiers, John avait dû organiser en bonne et due forme sa succession, en cas de disparition précoce. Un homme organisé qui ne laissait rien au hasard, et qui n'aurait pas manqué de penser à son épouse, car elle était son unique raison de vivre, celle qui lui donnait le courage d'avancer, malgré la progression du cancer.

Une fois son bagage fait, Jim passa à la douche. Puis il quitta l'appartement en direction de la villa de John et Sylvie. Comment était-il parvenu à se payer un tel bijou, car une telle propriété valait plusieurs millions d'euros ? Et avec cela, il roulait dans une voiture dont le prix valait plusieurs années de son salaire. Jim ne comprenait pas comment John avait pu se laisser embarquer dans une telle aventure, sans réfléchir aux répercussions sur sa vie, car il avait vendu ainsi chèrement le prix de sa liberté, pour être aux ordres de personnes malfamées. Perdant sa liberté d'action, mais également sa liberté d'expression. Il refusait de croire que la motivation principale résidait dans l'aspect purement pécuniaire, et pourtant, il ne serait pas le premier à se laisser embringuer dans des affaires louches.

Jim fut reçu avec beaucoup d'affection par Sylvie. Elle n'avait touché à rien dans l'appartement, mais elle avait sorti tous les papiers.

— Bonjour Sylvie, tu tiens le coup, lui lança Jim en la serrant fort dans ses bras.

— Je me fais à cette idée, Jim, je n'avais plus d'espérance, tu sais, sachant une épée de Damoclès au-dessus de la tête de John. Je vivais avec cela au quotidien, et bien qu'étant habituée aux morts dans mon service à l'hôpital, à voir chaque jour des drames qui détruisent des familles, je me disais que nous pourrions passer au travers, en se serrant étroitement les coudes.

— John est parti au paradis des anges, retrouver la tranquillité. Paix à son âme.

— J'ai quelque chose de très important à te dire, Jim. Mais, je ne pouvais parler au journal avec toutes les oreilles qui traînent, même si tous les collaborateurs de John l'appréciaient infiniment. J'ai pris le temps de téléphoner au garage mandaté pour intervenir sur le véhicule accidenté de John, et devine ce que le garage m'a avoué. Il y avait une fuite dans le circuit de freins, si bien que le liquide s'était évaporé. Alors que la voiture venait de passer au contrôle technique.

— Mais forcément des traces ont dû être retrouvées sur la route.

— Mon John a donc été victime d'un meurtre. Par ailleurs, dans les différents papiers, j'ai retrouvé la trace d'un contrat d'assurance-vie et d'un contrat décès, me garantissant d'importants capitaux pour la suite. Mais je m'en fous de cet argent. J'ignorais totalement l'existence de ces documents, John ne m'avait pas informée de ces souscriptions. Mais étant aussi du genre à rechercher, je suis tombée dessus, car ces documents avaient été placés dans une chemise particulière séparée des documents que nous mettions en commun.

— Ah ! ce John, je le reconnais, toujours prévoyant, et prévenant aussi. Quelque part, je suis content pour toi, Sylvie. John avait des valeurs dans la vie, et il t'aimait plus que tout. Il ne désirait pas te blesser en te cachant ce qu'il manigançait, mais davantage à faire en sorte d'assurer tes arrières. La manière aussi pour lui de demeurer à la surface, sachant que ses valeurs, auxquelles il avait toujours cru, venaient d'être bafouées, et qu'il lui était impossible de faire machine arrière. Allez jusqu'au bout de ses croyances, la seule chose qui importait à son sens.

Jim ne parut guère étonné de ce que venait de lui apprendre Sylvie. Ce qui ne faisait que renforcer son désir de résoudre cette affaire.

— Et tu n'as vraiment pas idée de qui pouvait le harceler au téléphone

Sylvie essaya de se remémorer, car souvent John tentait de s'isoler quand son portable se déclenchait pour finir par s'enfermer dans le bureau. Mais au cours d'une énième discussion, elle avait entendu prononcer le prénom de Mitch, Mika ou Michael. Elle ne se souvenait pas exactement. Jim le nota dans un coin de sa tête. Un indice précieux selon lui, qui pourrait ouvrir de nouvelles pistes.

Par ailleurs, elle avait retrouvé également dans l'un des tiroirs du meuble de bureau, caché en profondeur, un dictaphone. Elle ne paraissait pas étonnée, de par le métier de son époux, et elle n'avait pas pris le temps de l'écouter. Mais elle alla le chercher et le remit à Jim. Une pièce à conviction peut-être, qui en dirait davantage.

Ils prirent tous les deux un café, puis Jim se résolut à partir, ne souhaitant pas s'imposer davantage au vu du déroulé de la journée, pour la laisser continuer à faire le tri, pour la laisser simplement dans le silence immense de cette vaste villa, la villa du bonheur, mais aussi celle des malheurs, disant à Sylvie qu'il prenait ses distances, mais qu'il resterait toujours joignable sur son portable, et qu'il se montrerait toujours disponible à son égard. Il ne fallait surtout pas qu'elle hésite à le contacter si elle avait du nouveau.

Tout devenait maintenant beaucoup plus clair dans son esprit. John s'était retrouvé au centre d'une vaste entreprise, et il s'était risqué à mettre de côté ses valeurs, celles qui faisaient de lui un rédacteur en chef, un chef de file dans l'équipe de journalistes, se laissant entraîner moyennant des retombées financières régulières. Il semblait évident qu'il avait dû, à un moment donné, tenter de rebrousser chemin, mais bien trop tard. La toile s'était refermée sur lui et il allait devoir continuer de vivre avec ses remords, dans le péché et le mensonge. Après tout, John n'était qu'un être humain avec ses qualités et ses défauts, mais Jim le connaissant, il n'aurait jamais sauté le pas sachant les imbroglios dans lesquels il s'était fourré. Et surtout, il ne devait aucunement s'attendre à ce que la situation dégénère de la sorte. Un vulgaire pion, voilà quel devait être son rôle, un pion qui venait d'être renversé comme aux échecs.

Avant de quitter la ville pour le calme de la montagne quelque part dans un chalet, Jim prit sa voiture et retourna sur les lieux du drame. Sur le bitume, il n'y avait aucune trace de liquide de freins, tout avait été soigneusement nettoyé, « sûrement pensa-t-il pour ne pas faire risquer un autre accident. »

Cela lui parut plutôt suspect, car même un nettoyage aussi à fond soit-il des services de voirie aurait laissé ne serait-ce qu'une marque indélébile. Or, il eut beau inspecter dans tous les coins, dans tous les sens, il n'y avait absolument rien. Y compris à l'endroit où le véhicule avait quitté la route. Un coup soigneusement préparé. Mais qui hormis les membres d'une organisation avait intérêt à agir aussi précautionneusement ? John avait sauté à pieds joints sur une occasion en or. Tout devait être fait pour ne jamais remonter à la tête de ce groupe, il était évident que ce groupe était puissant.

Jim quitta les lieux en étant très dubitatif. Seule une personne pouvait le renseigner, mais il la connaissait de renom, parce qu'il avait déjà entendu John en parler, il s'agissait du commandant Jones, du commissariat de police du centre-ville. Un homme droit, mais intransigeant. Maintenant, il allait aussi devoir marcher sur des œufs, pour ne pas faire exploser la cocotte, et envenimer une situation tendue. Avant toute chose, faire profil bas, il temporisait sur ses chroniques nocturnes, le temps nécessaire pour que retombe la pression. Car il devait trouver comment aborder le commandant Jones, mais en y réfléchissant posément, il parviendrait à ses fins. Il était lui aussi de la trempe des fins limiers.

Chapitre XIV

Une semaine s'était écoulée et Jim coulait des moments paisibles dans un appartement situé dans l'arrière-pays de Nice du côté de Roquebillière. Il avait facilement trouvé à louer, car à cette saison, il y avait bien peu de touristes encore. Une semaine de repos, sans consulter son téléphone, sans consulter la presse. À marcher au grand air, à admirer la grandeur des lieux et de la nature environnante. Il avait fait le plein de cette fraîcheur exquise, et pas un jour ne se passait sans qu'il admire la majestuosité des sommets alentours. Qui forçaient son admiration, mais qui apprenaient aussi à être plus humble. Des paysages somptueux changeants au quotidien dans leurs teintes, mais qui revigoraient un homme fatigué, cherchant à prendre soin de lui. Sans oublier la couleur du ciel bleu, quand les sommets se perdaient dans les nuages.

Il fallait pourtant qu'il revienne au monde citadin, qui ne lui avait pas du tout manqué. Son existence tournait autour du journal, dorénavant sans rédacteur en chef. Même si un nouveau rédacteur en chef avait été parachuté pour assurer l'intérim momentanément, le temps de réorganiser opérationnellement tout le service.

Jim avait pris pendant sa semaine de récupération le temps de redescendre à Nice, pour être aux côtés de Sylvie pour les obsèques de John. Il ne pouvait pas laisser partir son ami sans sa présence. Curieusement, il avait croisé le regard du commandant Jones qui assistait également à cet événement. Sans doute une coïncidence, car ce n'était pas la place de l'homme de terrain d'honorer un gratte-papier comme John, qui ne cessait de poser des questions sur l'ordre public de la ville. Mais en voyant cette personne au cours de la cérémonie mortuaire, lui était revenue la dernière conversation houleuse qu'il avait eue avec John, à propos de son agression. Quand il lui avait demandé pourquoi le nom de Simon Duterrier n'apparaissait à aucun endroit dans les rapports circonstanciés, pas plus du reste que la moindre évocation de la présence d'un journaliste sur les lieux. Cet homme était du reste très hautain, mais pour Jim, sa venue en ce lieu était déplacée. Car il ne s'agissait pas d'une cérémonie officielle exigeant sa présence, une cérémonie effectuée en petit comité avec l'entourage amical et professionnel de John. Des notables de la ville avaient envoyé un petit mot à Sylvie, pour lui exprimer leurs vives émotions devant le drame qu'elle venait de subir, en l'assurant de leur soutien entier pour traverser cette dure épreuve. Sylvie Ashton s'était montrée très digne, son visage soulignait humblement la douleur d'une veuve qui allait apprendre à devoir vivre désormais seule, son seul regret étant de ne pas avoir eu d'enfants de John, pour avoir des bras sur lesquels se reposer. Mais elle était d'humeur solide, Jim le savait, elle parviendrait à reprendre le cours de son existence normalement. Juste une rose rouge pour marquer la mémoire et son amour indéfectible à son défunt époux. Une réunion qu'elle avait voulu la plus intime possible pour partager son chagrin et sa peine incommensurables.

Le commandant Jones jouissait d'un grand prestige, et sa notoriété n'était plus à démontrer. Un homme au caractère implacable, qui ne se laissait pas intimider, mais ses états de service parlaient d'eux-mêmes, et il avait gravi les échelons un à un, faisant tout pour évoluer dans la hiérarchie, quitte à écraser certains de ses confrères. Il connaissait parfaitement la maison, et tous les rouages, et savait gagner la confiance de ses pairs, qui le lui avaient rendu. Son positionnement comme commandant de police était sans équivoque. Jim n'avait pu s'empêcher de l'observer très attentivement, de noter le moindre détail dans ses traits. Pas une seule larme n'avait coulé, le propre des hommes cachant leurs faiblesses et leur sensibilité, et dans son vêtement d'apparat sorti pour les occasions spéciales, il était demeuré le visage presque baissé, les traits solennels, compatissant à la douleur de l'épouse de John. Pour autant, Jim avait cru déceler en lui comme un soupçon de rictus sur ses lèvres. Cet homme était austère et odieux, profitant du malheur des autres, pour comme sortir du lot. Était-il possible que batte un cœur en lui, ou bien était-ce uniquement de surface qu'il demeurait inébranlable ? Aucun anneau à son annulaire gauche, un détail tant dans les couples mariés, les conjoints ne portaient pas leur alliance. Pourtant, ayant ce don pour l'observation, Jim avait vu une auréole plus claire sur son doigt. Jim ne s'autorisant aucune divagation, il supposait simplement que le commandant avait été marié. Un simple détail.

Jim rentra à son appartement dans la soirée. Il retrouva tout comme il l'avait laissé une semaine auparavant, aucun message particulier sur son répondeur, juste un appel de son nouveau rédacteur en chef qui lui signalait avoir bousculé l'édition, lui faisant part mettre fin à cette chronique des faits nocturnes que Jim avait assurée avec autant de brio pendant plusieurs jours. Effectivement, sans John, tout devait prendre une tournure différente, et certainement pour apaiser le climat. Jim se félicita qu'aucun cataclysme ne soit survenu en son absence, mais comme il avait été happé par une spirale le faisant descendre inexorablement à des niveaux inférieurs, il serait difficile de descendre encore plus bas. Juste, il devait comprendre les motivations de son nouveau chef, et les raisons pour lesquelles il militait à prendre une telle décision. Le journal semblait avoir retrouvé un élan, un dynamisme et susciter l'intérêt croissant pour de nouveaux lecteurs. Sans doute les actionnaires devaient avoir un avis différent, si l'ordre provenait bien des actionnaires. Jim ne remettait pas en cause cette décision, mais il fit mine de circonspection, entendant les mots de son chef. Il espérait raisonnablement que tout ceci n'était que le fruit d'un pur hasard. Après la descente aux enfers, il était démis d'un sujet qui le tenait en haleine, qui le mettait dans un état de liesse, retrouvant ainsi la fougue de ses premières amours. Ce qui l'exaspérait le plus était son impression intuitive qu'il avait soulevé un lièvre, et que toutes les manœuvres s'avéraient adéquates pour le faire stagner, voire pour qu'il arrête de passer pour un enquiquineur. La terre continuerait de tourner, personne ne pouvait entraver sa gravitation, et lui était comme un satellite géostationnaire, personne ne pourrait entraver son mouvement, hormis de commettre à son encontre une nouvelle exaction, ou plus efficacement d'attenter à sa vie.

La mort de son mentor résonna en lui, et sa disparition ne faisait que confirmer le pacte qu'il avait signé avec lui par sa mort. John était absolument un homme bien de sa personne, qui s'était perdu en chemin, et qui suivait hasardeusement au péril de sa vie son chemin de croix. La maladie ne faisait que renforcer sa détermination, et désormais sa femme, à qui il devait tout, pourrait continuer de vivre sans problème. À l'inverse, le commandant John était un être méprisant et détestable, un homme orgueilleux qui ne faisait pas dans la dentelle, et qu'il valait mieux avoir dans sa manche plutôt que comme ennemi. Il avait la main mise sur tout un territoire, il n'était guidé que par ses propres valeurs, celle de l'argent et celle du pouvoir pour toujours briller. « Bien le genre, pensa Jim, à faire effectuer le sale boulot par autrui ». Il allait devoir faire preuve de méfiance, et rester sur ses gardes, car cet homme était nuisible, et probablement, il avait fait exécuter tous les gêneurs se mettant en travers de son chemin, d'un caractère ignoble à se rendre indispensable, mais d'un autre côté, faisant croire qu'il était protecteur de la veuve et de l'orphelin. Pourtant, cet homme avait des cartes en main à pouvoir faire chanter Jim, après l'épisode de l'hôtel. La partie promettait d'être serrée, mais elle n'était pas perdue d'avance. Cet homme devait être au courant de beaucoup de choses, sans nécessairement être dans le coup, et Jim ne pouvait se contenter de lui lancer une accusation, partant du principe de la présomption d'innocence.

Il se souvint alors que Sylvie lui avait remis un dictaphone, qu'elle avait ressorti des fonds de tiroir. Un appareil souvent utilisé par les journalistes pour enregistrer des conversations. Il se servit un verre de bon Bordeaux, un Médoc 2013, un de ses péchés mignons, s'installa dans son canapé en tissu bien confortable, et se mit à écouter les enregistrements. Dès le début de la bande-son, il reconnut immédiatement la voix de John qui faisait ainsi une introduction :

« Toutes les conversations qui se trouvent sur cette bande ont été enregistrées dans le temps au cours de mes entretiens avec des personnes que j'estimais pendant un temps, mais qui sont de véritables ordures qui tueraient père et mère pour dominer, des gens assoiffés de sang et de pouvoir, qui ne supportent pas l'échec et qui font le ménage pour éliminer tous ceux qui peuvent contrecarrer leurs projets ambitieux et sans partage de régner sans vergogne sur la ville. Ces enregistrements sont mon assurance-vie personnelle, au cas où un accident adviendrait dans le futur, et quand vous écouterez ces bandes-son, parce que la mort aura pris mon contrôle, mais sans regret, étant condamné par cette tumeur qui me ronge le cerveau au quotidien. Je ne pourrai laver mon honneur qu'en permettant que ces enregistrements puissent servir de preuve contre des gens puissants, une organisation secrète dans la ville de Nice, qui a pour but unique de laver le quartier du port de toute la souillure de la société comme ils l'appellent, de toutes les minorités sociales qui ne rentrent pas dans le moule traditionnel. Je ne puis citer de nom, parce que j'ai décidé, non sans y avoir longuement réfléchi, d'intégrer cette société qui me l'a toujours rendu au centuple, je parle bien entendu financièrement, en leur servant d'informateur, de par mon métier de rédacteur en chef. Je ne suis pas fier de ce que j'ai fait, jusqu'au moment où les événements ont commencé à déraper, certes de l'intimidation au début, puis des actes criminels, cette organisation étant comme un rouleau compresseur qui broie. Aujourd'hui, c'est mon cancer qui me broie à petit feu, mais je m'en fous maintenant de tout cela. J'ai bien vécu, et je sais que je ne manquerai à personne. Les brigands ont eu leurs moments de gloire, mais quand ce trésor sera découvert et en espérant mis entre deux bonnes mains, à savoir celles de mon protégé que j'aime énormément, qui a déjà tellement risqué, le démantèlement pourra alors commencer. Ces gens pour lesquels il n'existe pas de qualificatifs assez forts ne peuvent continuer à transgresser les règles comme bon leur semble, au mépris d'honnêtes gens qui ne font de mal à personne. Bientôt ils seront rattrapés par leurs propres démons et personne ne pourra les sauver, des gens qui tuent pour avoir gain de cause, croyant que la terreur est maîtresse. »

Après toutes ces révélations, Jim eut envie de vomir. John avait réussi à se protéger, mais aussi à pousser dans les retranchements ces salopards dont principalement une personne dont il n'osait même pas prononcer le nom. Il cracha aussi toutes les larmes de son corps en entendant prononcer son nom et tous les éloges que John avait faits à son sujet. John savait que les événements ne feraient qu'empirer, et il souhaitait lâcher le navire pendant qu'il en était encore temps, car il en avait assez de ces magouilles, ces sombres tueries, de tout cet esprit carnassier, qui fondait sur ses proies avec une voracité des plus mordantes. Ces morsures étaient empoisonnées, et John ne supportait plus de devoir accepter ces abominations sans broncher, sans avoir un seul mot à dire, de devoir jouer les porte-paroles d'une congrégation à vocation meurtrière, et de leur servir des informations sur un plateau, en amont. Il se rendait ainsi complice de toute cette violence de fond. John en avait perdu toutes ses valeurs, toute sa grandeur, tout cet éclat qui animait ses journées, et la maladie pernicieuse n'arrangeait rien à toute cette situation. Il s'en voulait d'avoir cédé aux sirènes de l'argent facile, parce que la cause servie par la congrégation secrète semblait avoir un projet qui tienne la route, par la réhabilitation d'un quartier. Il comprenait parfaitement que devoir quitter l'entreprise signifiait aussi pour lui signer son arrêt de mort. Parce que témoin silencieux de tous les excès du groupe. Juste un pion sur un échiquier, dont il avait été si aisé de se débarrasser.

Jim reconnut quand même l'intelligence d'esprit de John, avoir pensé à enregistrer toutes les conversations qu'il pourrait entretenir avec les membres de l'organisation, par le biais d'un de leurs membres les plus influents et plus représentatifs aussi en la personne du commandant Jones. Il se savait gagné par l'infection, et même sans vouloir l'avouer, la douleur provoquait des effets sur sa perception claire des choses. Il avait quand même réussi à sauvegarder des pièces à conviction essentielles. Jim fit rapidement le lien avec les éléments que lui avait donné Sylvie à propos des entretiens qu'elle surprenait, John avait des prises de bec avec ce Michael Jones, celui-là même qui avait fomenté son agression et avait trouvé le moyen de le faire presque accuser de meurtre, et qu'il avait dans le viseur avec toutes les empreintes retrouvées. John avait dû presque céder au chantage, pour ne pas porter atteinte à l'existence de Jim. Sans doute Jones pensait maintenir la pression, par son ton orgueilleux et hautain. Mais maintenant les règles du jeu allaient prendre une tout autre tournure totalement inattendue à ce stade. Jim possédait des preuves sérieuses mettant en péril la continuité de l'organisation, la possibilité de son incrimination dans les faits de violence aggravée qui venaient d'assombrir des quartiers.

Il ne restait plus à Jim qu'à réfléchir à la mise en œuvre de stratagèmes pour faire tomber ce maudit personnage de la police. Considéré comme un grand homme par ses états de service, un homme irréprochable, il maîtrisait à la perfection l'art de la manipulation. Un homme clé dans l'évolution de l'organisation, devenu un malfaiteur. Pourtant qui œuvrait comme bienfaiteur pour les orphelins de la police.

Jim réécouta une seconde fois l'intégralité de la bande, pour être certain de ne rien avoir oublié. Il se serait cru dans le scénario palpitant d'un thriller bien ficelé par le réalisateur et le metteur en scène, il en éprouva une vive amertume, tant entendre la voix de celui pour qui il avait un amour inégalable le contrariait. Car c'était aussi la dernière fois qu'il l'entendait.

Chapitre XV

John en avait perdu sa conscience professionnelle, servant les intérêts de crapules de la pire espèce. Il décrivait l'organisation comme agissant sans foi ni loi, qui avait décidé de régner et de se lancer dans la cour de la criminalité. Elle rassemblait des membres de tous horizons sociaux, et placés sous la protection et la surveillance d'une unique personne. Cette même personne qui demeurait le principal suspect dans le vol plané tragique de la Porsche de John. Une accumulation de preuves contradictoires à son encontre. Seulement, Jim allait devoir se mettre en quête d'indices ou de paroles pour confondre cette ordure de première, qui ne faisait jamais dans la dentelle. Mais nul n'est infaillible et Jim détenait une arme massive de désintégration qui allait faire trembler plus d'un des membres de l'organisation.

Jim décida de conserver précieusement le dictaphone contenant une vraie bombe qui quand elle exploserait ferait sauter bien des têtes de cette organisation tentaculaire. Il était temps pour lui de réfléchir à une stratégie d'attaque. Comment susciter mieux l'intérêt du commandant Jones qu'en retournant sur le terrain, qu'en contactant Natasha de nouveau, ou bien d'autres habitants des minorités. Car dorénavant, il n'aurait plus aucun moyen de savoir les déplacements de Jim. Mais Jim restait méfiant, le commandant Jones avait le ton de la persuasion et de faire éclater les faiblesses des autres. Il récompensait généreusement les nouvelles recrues.

Jim, se sachant dorénavant être la proie de toute tentative à son intégrité, ferait preuve pour les temps à venir d'une rébellion sans précédent. Œil pour œil, dent pour dent. Une guerre sans merci avait démarré. Il ne craignait plus les coups fallacieux. Confondre une personne aussi perfide que dangereuse, de la race des nuisibles de la société, s'avérait être un enjeu capital. Il lancerait une campagne pour que le commandant doute et perde de sa hauteur. Retourner le jeu à son avantage.

Jim, pendant plusieurs jours déséquilibré, par ce qu'il considérait être un big bang dans sa galaxie, recouvra ses facultés et la motivation suffisante. Il devait absolument retourner l'opinion en sa faveur, celle des commerçants du quartier du port. Il imprima une lettre de corbeau, précisant qu'un homme avait décidé de sa propre initiative de déposer une motion contre n'importe quel membre de l'association des commerçants, ainsi que tout autre membre d'une autre congrégation, qui ne suivrait pas ses consignes et tenterait de faire du zèle, en contactant les services de presse, suite à quoi, il serait soumis à des représailles. Il fallait appâter le commandant Jones et le faire sortir de son calme apparent.

Jim entreprit également d'afficher et d'éditer, une lettre indiquant qu'une mystérieuse organisation militait pour faire disparaître une catégorie de commerçants considérés comme hors la loi, ou appartenant à certains groupes susceptibles de divulguer des pensées sectaires. Un homme n'ayant aucun amour propre avait commandité des crimes dans le but de renforcer sa légitimité dans cette organisation. Un homme portant sur lui sa méchanceté, et son aversion profonde pour tout ce qu'il considérait comme une dérive de la société. Une anomalie comme il avait pu plaisanter dans les conversations avec feu John.

Comment un être qui avait été mis aux commandes de la police nationale de la ville, dont la fonction était d'assurer l'ordre public, pouvait émettre des jugements à propos de groupes de personnes qu'il ne connaissait même pas réellement, que par le biais des articles de presse, ou tout autre magazine. Pour autant, il n'était ni juge ni jury, mais était considéré comme un homme lucide par le palais de justice.

Il avait tapé à sa machine à écrire ce courrier pour que personne ne puisse imaginer qu'il était son œuvre. Il présentait ce personnage sans pour autant le nommer, avec une référence à la mystérieuse organisation. Il aurait pu s'agir de diffamation dans des circonstances différentes, néanmoins, le choix des mots sciemment opéré levait toute suspicion, au regard des récents événements qui avaient bousculé toute une société, en instaurant un climat de peur. Cette opération terminée, il imprima à grande échelle, et partit dans les rues de Nice effectuer sa distribution et son affichage. Il devait réveiller les consciences, et les amener à s'intéresser au sort de familles entières. Comment une conjuration avait été lancée sur la base de mensonges éhontés, contre certaines personnes susceptibles de porter un préjudice moral, de par ce qu'ils véhiculaient, et un trouble à l'ordre public, qu'il fallait absolument faire cesser.

Garant de sa prévisionnelle réussite, Jim savait que cette entreprise allait provoquer du mouvement, dans les rangs de l'organisation qui n'apprécierait sûrement pas qu'elle puisse être mise en lumière, préférant agir dans l'ombre. Ainsi, Jim allait faire la pluie et le beau temps, n'étant point un prévisionniste. L'autre risque étant que l'organisation pourrait désavouer le commandant Jones, même si cela demeurait très improbable. Il prenait conscience qu'improviser jouait de l'effet de surprise. Il n'avait plus qu'à veiller.

Il contacta aussi Natasha, il devait la voir, pour avoir la collaboration de l'ensemble des membres de toutes les minorités qui devraient agir d'une voix unanime.

— Bonjour Natasha, s'adressa-t-il à elle en ayant pris soin de se présenter

— Bonjour Jim, lui répondit-elle. Je pensais que vous nous aviez oubliés. Je suis sincèrement désolée pour John Ashton.

Jim la remercia vivement.

— Vous savez, il y a eu trop d'échauffourées dans les lieux, et je me sens désespérément seule ayant perdu ma raison de vivre. J'ai lu dans la presse que tout le monde pense à un accident. Mais je sais qu'il n'en est rien.

— Vous avez tout à fait raison. Des gens triment pour faire taire des vérités, car elles ne peuvent profiter qu'à la veuve et l'orphelin, et ils ne souhaitent pas perdre l'opinion, ce qui serait synonyme du désastre, ne pouvant accepter une seule seconde de perdre la face.

— Vous paraissez rempli de rancune et de haine.

— Je le suis amèrement Natasha, vous avez perdu un être inestimable, j'ai perdu une moitié. Je dois vous voir dans les meilleurs délais. J'ai une proposition à vous faire dont je sais d'avance que vous ne refuserez pas.

— Venez dans la nuit rue Fodéré, Jim, je vous attendrai devant le restaurant du Délice Bou.

— Merci Natasha à tout à l'heure, mais pas d'imprudence je vous en supplie.

Jim raccrocha. Il devait patienter jusqu'à la tombée de la nuit. De quoi dîner en ville au restaurant Mac Donald de l'avenue Jean Médecin. Pas de la nourriture, mais juste de quoi se remplir le ventre.

Il n'avait eu aucun mal à afficher sans provoquer de trouble public. Jim partit en direction de la rue Fodéré. Natasha était déjà présente sur les lieux, mais étant une femme dans un quartier à l'humeur tendue, elle n'en menait pas large. Elle ne vit même pas le coup sur la nuque venir, un coup d'une force mortellement inouïe. Elle ne tarda pas à rendre l'âme, des suites de l'hémorragie au niveau du cerveau. Ce témoin essentiel allongeait la liste des êtres ayant payé de leur vie leur combat à ramener la paix, alors que chaque commerçant ne cachait plus sa colère d'avoir reçu de façon délibérée des menaces le poussant à quitter les lieux sur le champ moyennant une importante indemnisation.

Quand il arriva sur les lieux, Natasha n'était pas là, étrange, cela ne lui inspirait rien de bon. La pénombre était intense, et étant toujours bien équipé, il sortit sa lampe de poche qu'il alluma. C'est alors que sur le trottoir il aperçut d'infimes gouttes de sang qui paraissaient très fraîches. Sa pulsation subitement s'accéléra. Il comprit immédiatement que des personnes l'avaient devancé sur les lieux, mais pas avec la même optique. Natasha venait de vivre seule sur ce trottoir ces ultimes instants de vie. Comment une aussi rapide intervention était-elle possible, ils venaient à peine de se parler. Il n'y avait qu'une solution possible, la mise sur écoute. Le commandant Jones ne reculait devant aucune ignominie. Cette affaire prenait une proportion insoupçonnable. Mais Jim possédait le joker dont personne ne savait qu'il se trouvait en possession.

Cette congrégation s'enfonçait un peu plus dans le marasme, même si tous les crimes étaient le fait d'une unique personne qui avait forcément l'aval à la majorité absolue. Ne pas terminer le travail commencé aurait été un signe de son impuissance, il ne pouvait se permettre un tel désaveu.

Jim n'avait plus le temps de tergiverser ni de prévenir les forces de l'ordre de la disparition d'une nouvelle victime, et repartit en direction de la place Garibaldi, il avait moult affiches avec lui, qu'il distribua à tous les commerçants et les clients de tous groupes qu'il croisa. Un tapage qu'il désirait. Qui devait arriver aux oreilles de l'organisation. Tous ces hommes et femmes n'avaient pas leur langue dans leur poche, et ils avaient atteint le maximum supportable en matière de contrainte, ce qui finissait par perturber leur existant. Jim leur donnait les armes pour s'exprimer, sachant que toute manifestation serait porteuse d'un message qui ne ferait pas les affaires de l'organisation, mais tous étaient très déterminés pour se défendre et au-delà de leur liberté. Ils avaient enduré suffisamment de moments désagréables, se retrouvant entravés dans l'exercice même de leurs droits.

La stratégie de la manifestation de grande ampleur dans la cité fonctionnait à merveille. Pour échauffer encore davantage les esprits, et mettre en rogne le commandant Jones. Ce dernier n'allait pas tarder à déchanter.

Chapitre XVI

Jim avait de quoi se réjouir des retours de l'opération qu'il avait menée la veille. Sa tactique semblait porter ses fruits. Car une manifestation était déjà organisée dans le milieu de la journée à venir, avec un cortège qui descendrait dans les rues du centre-ville. Tenant dans les bras des banderoles explicites qui relataient le mécontentement des commerçants du quartier du port, ainsi que le visage de tous les disparus récemment. Toutes les communautés minoritaires, qui faisaient les frais de menaces récurrentes, seraient réunies pour exprimer un ras-le-bol général sur cette violence intolérable dont ils faisaient l'objet et des critiques lancées à leur encontre, tant dans leur comportement que dans leur existence. Une première dans la ville de Nice, mais qui allait susciter nombre d'interrogations de la population suite à la divulgation de certaines informations sur les affiches. Le but recherché par Jim était de délier les langues, et la manifestation avait reçu l'aval de la préfecture de police de Nice, donc le commandant Jones ne pouvait s'y opposer, pas plus que l'organisation, qui face à la montée des oppositions devait lâcher du lest. Jim souhaitait faire sortir de sa tanière cet homme et le confronter à l'opinion populaire, pour observer ses réactions.

Il passa une nuit sereine. Le lendemain, il était sur le pied de guerre de bonne heure, devant rejoindre au plus tôt les manifestants, afin de se montrer solidaire des représentants des communautés. Il partit en direction de la place du Pin, où se trouvaient rassemblées, même à une heure avancée, moult personnes. Le mouvement ainsi constitué ne pourrait pas passer inaperçu, surtout un week-end où déjà les touristes affluaient, compte tenu des conditions climatiques déjà printanières. Et naturellement seraient présents plusieurs journaux de la région pour focaliser sur cet événement sans précédent. Il n'avait aucune consigne à donner, ayant déjà fait ce qu'il lui était possible pour sensibiliser, à chaque représentant des groupes de prendre leurs responsabilités, mais ils avaient validé d'un commun accord de marcher main dans la main, comme les syndicalistes.

Le départ était prévu vers dix heures, et un service d'ordre avait été déployé sur le trajet, pour éviter tout débordement. Jim avait convenu que le déroulement de la manifestation se produise sans la moindre casse, pacifiquement. En la mémoire de leurs amis, la violence n'ayant pas bonne presse. Pour ne pas entrer en conflit avec la police sur les lieux, et attiser la colère du commandant Jones, qui devait se rendre à l'évidence. Une publicité dont il se serait volontiers passé, parce que vouée à mettre à mal la congrégation, relativement au projet ambitieux qu'elle menait. Des déviations avaient été mises en place, afin que les automobilistes puissent continuer de circuler, sans se retrouver pris dans l'engrenage de la manifestation. Le service public était interrompu sur une partie de son parcours, donc pas de tramways.

Jim s'était appesanti très longuement sur le fait qu'il n'y avait plus d'autre alternative que de solliciter un tel mouvement de mécontentement. Il bataillerait durement jusqu'au bout, pour que soit reconnue la responsabilité de l'organisation meurtrière. Il n'avait pas eu le temps non plus de terminer ses reportages dans la profondeur de la nuit, et il en voulait aussi au nouveau rédacteur en chef du journal qui avait dû recevoir des instructions précisément, et qui n'avait pas les reins assez solides pour s'opposer aux injonctions émanant de hautes instances. Qui ne voyait pas non plus l'intérêt que pouvait susciter une immersion dans les couches sombres de Nice, hormis de devoir traiter ce sujet avec simplicité et moult humilités. Surtout, il voyait en cette volonté de Jim une lutte qu'il menait à un haut degré institutionnel. Une initiative qui risquerait de tourner au vinaigre, et de décrédibiliser le fondement même du journal. Et dans son souci de créer de nouvelles synergies, et être en adéquation avec le modernisme de la société existante.

Jim avait pris la tête de ce mouvement afin de marcher conjointement avec les représentants des communautés minoritaires et du président de l'association des commerçants par intérim, et de montrer qu'il était un sérieux défenseur des droits de l'homme dans toute leur nature et dans leurs mœurs, ainsi que des libertés sexuelles. Car dans son esprit, tout être humain est libre de choisir sa conduite et faire ses propres choix intimes, sans avoir à suivre quelconque principe désuet. Des médisances colportées du fait de l'ignorance d'une société devenue au fil du temps hermétique à toute évolution des habitudes. Un défi pour les comptes rendus journalistiques de Jim de prétendre à ouvrir les esprits d'une société devenue intolérante, ne supportant plus ce que d'autres appellent les travers de la perversité. Jim était conscient que le chemin serait long pour bouleverser les opinions, mais un journal digne de ce nom se doit de se montrer impartial, et à ce titre, les campagnes de Jim apparaissaient comme extrêmement porteuses d'espoirs pour ces hommes, ces femmes tenus au quotidien de lutter contre les discriminations, contre les diffamations, contre des regards déplacés, contre des portes se fermant devant leur passage. Des êtres humains sujets à toutes sortes de violence verbale, voire de violence physique, de la part de gens qui ne voient dans les yeux des premiers qu'une déviance des caractères primaires. Jim avait su faire passer leur intérêt avant le sien, et avait exploité aussi toutes les défaillances d'un système qui refusait de se rendre aux réalités. Mais il n'existait pas de norme sociétale, seulement des gens qui ne parvenaient pas à vivre ensemble, parce que n'évoluant pas dans les mêmes sphères. Une tentative délibérée de réconcilier tous les genres, voilà une utopie de Jim, à laquelle il était attaché, pour démontrer en somme qu'à l'impossible nul n'est tenu.

Jim tenait à être repéré et identifié de loin en premier lieu par le commandant Jones, qui avait dû organiser le service policier. Et qui devait certainement avoir pris position quelque part sur le passage du long cortège, qui ne cessait de faire des adeptes. Pour mieux scruter tout possible débordement, alors que de la part de ces gens, le défilé s'effectuait pacifiquement. Les banderoles n'étaient pas du genre à émouvoir le commandant, même si des messages, il était directement destiné. Pour lui, étant tenu à toute indulgence et impartialité, cette fanfaronnade n'était pas de bon goût. Elle était une incitation à la débauche, surtout une tendance à lui laisser au fond de la gorge une saveur aigre, parce qu'il avait été incapable de pouvoir l'empêcher. Ces êtres s'habillant en noir évoquaient à son sens la sorcellerie, tant qu'à ceux ayant opté pour le rose, une anomalie de la société, qui ne méritait pas d'être amplifiée.

Le commandant Jones était une personne aigrie, et un homme blessé par son histoire, n'ayant pu prévenir l'attirance d'un de ses enfants pour ce côté obscur de la vie, qui s'était laissé prendre par sa dépendance létale aux stupéfiants. Ce qui lui avait coûté son mariage, pour se retrouver seul, ne s'étant pas battu pour son fils décédé. Il était intransigeant dans sa vie privée comme dans sa vie professionnelle. Il ne tolérait aucun passe-droit et encore moins de la part de ses enfants qui devaient marcher sur une ligne continue. Depuis le tragique accident qui l'avait touché, plus rien ne pouvait l'atteindre, puisque frappé de plein fouet par un marasme sans précédent qui l'avait complètement détruit psychologiquement, dont il ne s'était jamais remis. Son fils avait osé ingurgiter une de ces saloperies comme il les nommait, ce pour quoi il était au courant, et il s'en voulait âprement de n'avoir pu intervenir à temps, avant que le drame ne survienne, une dose trop forte avait ruiné totalement son existence, et il ne gardait maintenant que les bons souvenirs et les images de son enfant souriant, quand ce dernier jouissait d'une totale innocence. Il savait parfaitement qu'avec le métier qu'il exerçait, la tentation de son fils serait grande de partir dans une voie périlleuse, pour se démarquer, ou peut-être attirer l'attention d'un père trop souvent absent du fait de ses activités. Il lui avait expliqué clairement les risques, car toujours il avait joué la transparence avec ses enfants. Dorénavant son fils gisait six pieds sous terre, et s'il surveillait de près tous ces milieux étranges, et causes aussi de la perte douloureuse subie, parce qu'il estimait que ces gens n'avaient pas leur place dans une société actuelle et fondée sur le modernisme. La raison pour laquelle aussi, il avait opté pour un regard sombre et les sourcils froncés.

Cette manifestation avait été déclarée légalement auprès de la préfecture de police, avec autorisation expresse du préfet. Le commandant Jones était donc forcé de déclarer forfait et d'accepter non sans une certaine aigreur ce mouvement. Jim finit par repérer l'officier de police, qui désirait passer incognito, caché sous une paire de lunettes de soleil, avec un couvre-chef, le fond de l'air en cette belle journée de fin d'hiver demeurant frais. Il s'aperçut que les traits de son visage étaient tendus. Il en profita pour passer devant lui crânement, relevant la tête en le fixant droit dans les yeux, tant qu'il l'avait à sa mesure, il fallait qu'il lui montre qu'il avait remporté une victoire. Nombreux étaient les passants qui regardaient passer la caravane, et qui se mettaient à applaudir, au son des mégaphones et des sifflets. Comment rallier l'opinion ouvertement et démontrer que toutes les catégories sociales peuvent cohabiter dans la société ? Ce n'est que plus tard au niveau de la place Masséna alors que le cortège se dirigeait lentement vers la gare routière que Jim sentit que son téléphone personnel vibrait dans sa poche. Il le sortit et lut le message qu'il venait de recevoir :

« Bravo, vous avez marqué un point, mais vous n'avez pas gagné la guerre, vous allez regretter de narguer le monde de cette manière, en affichant vos préférences. Vous ne semblez pas savoir à qui vous vous attaquez. Je ne saurai trop vous suggérer de demeurer sur vos gardes. »

Il ne savait pas d'où le coup partait, car la voix était changée. Recevoir de telles menaces, il devait bien s'y attendre, car en gagnant la cause de tous les spectateurs, il faisait une publicité négative à tout projet que pourrait avoir en tête l'organisation, dont il savait désormais que le commandant Jones dirigeait de main ferme son service de sécurité. Mais impossible de prouver que le message provenait de cet individu. Même s'il en était persuadé. Le défilé jusqu'à son terme et sa dissolution se déroula sans aucune incartade, certainement ce qu'aurait souhaité le commandant Jones pour avoir une raison valable de démanteler ce groupe de gens corrompus aux mœurs plus que douteuses, qui détournaient les esprits du droit chemin. Manifestement, une atmosphère bon enfant, sans paroles désobligeantes, jetées çà et là, dans le respect du droit à la différence.

Quand il rentra à son appartement, quelle ne fut pas sa surprise de voir son intérieur retourné minutieusement ! Heureusement, il conservait précieusement sur lui en permanence la preuve de l'appartenance du commandant Jones à l'organisation mystérieuse, sans pour autant pouvoir dire que cet homme avait pu commanditer la visite de son appartement. Mais qui aurait pu lui en vouloir à ce point, et à observer comment était disposé l'appartement, cela ne pouvait que provenir de personnes ayant l'habitude de ce genre de pratique. Inutile de chercher s'il pourrait trouver un indice quelconque, une peine perdue. L'étau se refermait et sans aucun doute des personnes avaient mordu à l'hameçon, parce que considéré comme un gêneur. L'organisation, dont il était au courant, avait dû se sentir en ligne directe visée. Il savait qu'il détenait aussi un passeport pour une mort certaine, et il devait à tout prix empêcher que d'autres personnes paient un lourd tribut.

Il réfléchit à la manière de pouvoir entrer en contact avec le commandant Jones, et la meilleure des solutions était de lui adresser un courrier officiel que lui seul pourrait lire afin de le débusquer de sa tanière. Il se mit donc sur son ordinateur portable et composa une lettre succincte, mais avec des termes cherchés pour provoquer son interlocuteur. Une bombe à retardement, pourvu que cette dernière ne lui explose pas entre les mains. Il envoya le courrier en recommandé depuis une poste annexe pour ne pas éveiller l'attention.

« Je sais ce que vous avez fait, toute cette violence que vous avez soulevée n'est pas belle du tout et pas digne de la personne que vous êtes et des missions que vous remplissez au quotidien dans l'exercice de votre fonction. Mais elle est à votre image. Rendez-vous vous est lancé pour demain soir en espérant fermement que vous y répondrez. Je vous attendrai au sein du journal. Venez seul bien entendu, Michael. »

Chapitre XVII

Jim se sentit subitement ragaillardi par son geste. Certes, il avait attendu le moment propice, mais il ne pouvait plus attendre, car son avenir et celle de milliers de gens en dépendaient, il savait au fond de lui que le commandant Jones viendrait, parce que cet homme n'accepterait pas que quelqu'un remette en cause son intégrité, et sa moralité de prestige. Il ne devait absolument pas paniquer à l'idée de se confronter à lui, aussi Jim avait choisi un lieu plus rassurant, et dans lequel, il se sentirait en confiance. Une confrontation houleuse l'attendait, mais il n'avait pas besoin de protection, le commandant Jones ne tenterait rien en un tel lieu.

Il se rendit le lendemain soir dans les locaux, ayant pris les devants suffisamment tôt pour éviter l'effet de surprise. Il était assis bien calmement à son nouveau bureau suite à la réorganisation mise en place, mais il se félicitait d'avoir gardé son statut de grand reporter. La nuit était déjà tombée sur la ville. Et il se trouvait à cette heure seul, son dernier collègue étant parti depuis peu. Il ne tarda pas à entendre du bruit, et se déplaça pour accueillir le commandant Jones à l'ascenseur. Quand les portes de l'ascenseur s'ouvrirent, il n'y avait personne à l'intérieur. « Comme c'est étrange, pensa-t-il ». Jim n'eut pas le temps de se retourner qu'un coup violent l'asséna et il en perdit connaissance. Quand il se réveilla, il était pieds et poings liés à une chaise du bureau dans la salle de réunion. Le cauchemar recommençait, comme il y a quelques semaines. Il lui fallut une dizaine de minutes pour reprendre ses esprits totalement, et il avait comme un arrière-goût de sang qui lui venait aux lèvres. Mais il était ligoté de manière à pouvoir se défaire. Exactement le même scénario que le préjudice qu'il avait subi dans l'hôtel. Face à lui, un écran était installé, qui ne tarda pas à s'allumer. Face à lui, comme il s'en doutait, un écran d'abord vide qui ne tarda pas à faire apparaître son invité, mais qui avait un rictus sur son visage.

« Bonjour Monsieur Wright. J'espère que cet accueil n'a pas été trop dur pour vous, mais voilà également comment devoir vous répondre et vous remettre les idées en place.

— Comment pouvez-vous oser, commandant Jones ?

— Personne ne m'appelle par mon prénom depuis bien longtemps, ce que je considère comme une insulte à ma dignité, monsieur le fouille-partout.

— Ça ne vous a pas suffi…

— Ça ne m'a pas suffi quoi….

— Ne faites point l'innocent, commandant Jones, je suis au courant de beaucoup de choses que je pourrai faire mettre en page

— Et vous vous y aventureriez, quelle bravoure. Vous semblez ne pas être en position de force jeune homme pour marchander, et personne ne sait que vous vous trouvez ici non plus.

— Je suis au courant de ce que vous avez fait à John Ashton.

— Ah ah ah ! Vous croyez vraiment tout ce que cet homme dit. Il n'est qu'un menteur et un colporteur de seconde zone, qui a raté sa vocation. Personne n'ira le pleurer. Sa fantastique voiture a eu un accident, voilà tout.

— Un accident… Jim marqua un temps d'arrêt, pour chercher la bonne formule. Un accident provoqué alors.

— Qui pourrait vous croire, jeune fouille-merde. Cela ne vous a pas suffi d'essayer de tuer quelqu'un.

— Que racontez-vous là, odieux personnage ?

— Vous croyez que nous n'avons pas effectué un tracé des empreintes dans la chambre de cet hôtel. Et que sur le mort, nous avons relevé ainsi que dans la chambre plusieurs des vôtres.

Jim demeura interloqué, le commandant Jones était en train de retourner la situation à son avantage. Il en était écœurant de sa suffisance, et de se croire au-dessus du lot.

— Vous me donnez envie de vomir avec vos airs supérieurs. Je suis au courant de tous les meurtres que vous avez fait commettre, afin de faciliter le projet ambitieux de l'organisation.

— Vous ne savez même pas quoi dire pour tenter de sauver la face, mais quelles preuves avez-vous permettant d'affirmer vos dires ?

Jim nota un énervement dans la voix, mais il fallait bien écouter les intonations.

— Vous me prenez vraiment pour un débutant, commandant.

— C'est cela, un débutant qui fait tout pour compromettre d'honnêtes citoyens ambitieux en quête de réhabiliter des quartiers pourris de la ville.

— Vous m'en voulez personnellement, mais regardez donc la situation. Vous avez tellement un nœud qui se resserre, que vous n'avez pas le courage de vous mettre en face de moi.

— Pourquoi devrais-je m'abaisser à cela, Monsieur Wright ? Vous ne savez rien, vous croyez maîtriser toute la situation, et vous croyez que je suis à l'origine des malheurs qui tombent sur vos épaules. Jeune homme, vous ne vous méfiez pas assez des gens qui vous entourent et que vous croyez être dans votre camp.

— Vous dîtes n'importe quoi, encore un de vos subterfuges pour vous laver de toute responsabilité.

— Vraiment, monsieur Wright. Et parce que vous possédez des enregistrements de toutes les conversations que j'ai pu entretenir avec votre ami John Ashton, vous croyez que je tremble. Regardez-moi bien, Jim. Ai-je l'air de trembler ? dit-il comme s'il cherchait à se persuader lui-même. Il me semble que vous êtes dans la situation du vaincu, mais je vais même vous faire écouter un enregistrement, pour vous aider à mieux saisir.

Jim n'en revenait pas de ce qu'il entendait. Son teint avait subitement changé de coloration, et cela n'avait pas échappé à son vis-à-vis. Celui qu'il croyait son ami intime, celui qui avait été son précepteur dans le métier, avait joué un double jeu, prévenant le commandant Jones de tous ses mouvements et de tous ses faits et gestes. À l'inverse, il tentait aussi de le protéger en lui livrant des secrets.

— Vous vous attendiez à quoi, Jim ? Dans le monde de l'argent, il n'y a aucune limite à la corruption, et Ashton a magnifiquement rempli le rôle. Un gentil toutou bien obéissant qui faisait exactement comme on lui disait qu'il fallait qu'il fasse. Ne prenez pas l'air de celui qui tombe des nues.

— Exaspérant, mais le jeu ne fait que commencer. John a vendu la mèche, mais il n'est plus là et malgré ce que vous me dîtes, je ne lui jette pas la pierre, il a fait en son âme et conscience. Vous me retenez ainsi en otage contre mon gré.

— Je vous rappelle que vous m'avez lancé une invitation en bonne et due forme Jim et que j'honore toujours les invitations. L'audiophone de John Ashton n'est qu'un ramassis de discussions plus ou moins audibles, mais cet homme a eu l'outrecuidance de croire qu'il pouvait être au centre de la conspiration. Croyez bien qu'il savait tous les assassinats commis, un excellent informateur qui vous mettait aussi sur des pistes hasardeuses.

— Pensez-vous que je n'ai pas fait de copies, mais vous vous méprenez commandant Jones.

Le commandant Jones changea brusquement de regard.

— Fouiller mon appartement avec autant de minutie. Vous espériez me bluffer, on ne la fait pas à un jeune loup. Sans doute étiez-vous en quête de copies, mais croyez bien que je vous ai devancé. La seule réponse que Jim trouva pour gagner un peu de temps, mais il avait anticipé sa venue dans les lieux. Et transmis par voie officielle, mais sur Paris à la police chargée du grand banditisme ou du crime en bande organisée. Une telle pièce ne pouvait demeurer entre ses mains compte tenu de son importance à faire tomber un réseau d'influence.

— Tiens donc. Voilà le jeune espiègle qui essaie de sauver sa peau. Vous êtes dans une position bien inconfortable, et vous paraissez presque convaincant. Mais je connais aussi beaucoup de monde dans la police et dans le pays tout entier au cas où il vous viendrait de tenter quelconque divulgation d'informations.

— Vous êtes, commandant Jones infâme, prêt à tout pour éblouir le monde et ceux qui vous paient grassement. Vos malversations peuvent aussi avoir un effet inverse. Vous faites paraître tellement d'assurance, mais au fond vous n'êtes qu'un mécréant qui cherche à berner autrui, non point de vos états carriéristes, mais de la noirceur de votre personnage. Je suis au courant du décès de votre fils aîné.

— Taisez-vous !!!!

— Pourquoi ? Je suis bien journaliste pour divulguer des vérités. Jim était parti sur sa lancée, il ne pourrait devoir son salut qu'à lui-même, et à sa facilité de déstabiliser. Votre fils adoré que vous n'avez pas su protéger comme il se devait, qui vous aura amené au bord du gouffre, votre épouse ayant alors demandé le divorce vous accusant de la responsabilité de la mort de votre fils. Mais où étiez-vous donc ?

— Taisez-vous que je vous dis ?

— Un policier arrogant détruit par son absence au domicile conjugal. Une fuite en avant pour éviter de voir la réalité en face et qui se déroulait sous vos yeux. Un fait divers qui aurait pu rester banal, mais compte tenu de vos états de service, forcément, il allait y avoir un hommage rendu à la douleur d'une famille anéantie par la drogue.

— Taisez-vous ou bien je vous fais avaler votre langue…

— Me sous-estimez-vous au point de ne pas prendre d'initiative, mais un journaliste se doit d'effectuer des recherches et des recoupements, et heureusement, tout le monde n'est pas achetable, et qu'il existe des fonctionnaires respectés et respectables. Votre fils a eu raison de votre existence, mais parlons plutôt du milieu dans lequel malheureusement, il s'était enferré. Ce même milieu que je tente de faire renaître. Le droit à la différence et à l'intolérance. Ce que vous ne supportez pas, car vous voyez au travers de ces citoyens l'image de votre fils.

— Vous l'aurez cherché, Jim, je ne peux vous laisser salir sa tombe de cette façon.

Jim continuait en avançant les arguments. Il n'était pas effrayé et ne pouvait plus s'arrêter. Le commandant Jones avait disparu des écrans, mais les murs dans les locaux d'un quotidien ont des oreilles et la voix de Jim résonnait. Le commandant jaillit naturellement et brutalement, les poings en avant.

— John m'avait mis au fait de ce qui se tramait dans l'ombre, et en effet, Jones, j'ai pris le temps de sauver mes arrières en effectuant de multiples copies des bandes de John.

Il envoya un crochet au visage de Jim, qui continuait de sourire, se retrouvant maintenant en position de domination.

— Vous n'aimez pas voir votre reflet étalé au travers des mots. Bientôt, vous allez terminer comme bon nombre de malfrats, Michael. Je n'ai jamais eu peur de vous, mais pour John, vous allez trouver la froideur des cachots et pour longtemps. Certes, je ne suis pas très malin, je ne puis prétendre avoir un cerveau étendu, mais vous avez trop joué avec le feu, et il s'agit de payer pour tous vos crimes et vos entourloupes. Jamais, vous ne ramènerez à la vie votre fils, et ce ne sont pas des personnes qui doivent payer pour ce qu'ils sont, en croyant faire justice à votre fils. Vous êtes allé trop loin, mais vous avez outrepassé vos droits, commandant Jones. Vous êtes fini et votre règne de violence aussi.

Le commandant Jones attrapa vigoureusement à la gorge Jim et commença à serrer.

— Allez-y, ne vous gênez pas. Un mort de plus. Le crime vous va si bien, commandant, lui lança Jim.

C'est à ce moment qu'un escadron de la Brigade Rapide d'Intervention pénétra dans les locaux et arriva in extremis avant que le commandant Jones ne puisse terminer son méfait.

— Levez les mains au-dessus de votre tête Jones. À partir de maintenant, vous n'êtes plus commandant et relevé de vos fonctions. Vous avez cru pouvoir tenir au secret l'organisation, mais monsieur Wright nous a prévenus en amont et portait un micro sur lui, que vous n'avez même pas soupçonné une seconde. Grave faute professionnelle. Les membres sont déjà en train de tomber, Jones. Et croyez-moi, vous irez pourrir pour un temps interminable dans un trou à rats. Il y a des procureurs non corruptibles et des fonctionnaires d'État également, qui ont opté pour une justice opérationnelle, et nettoyé toutes les pourritures de votre genre.

« Tout va bien, monsieur Wright. Il fallait attendre le flagrant délit avant de mener l'intervention, mais désormais vous allez pouvoir penser à autre chose et dormir paisiblement. »

Jim se sentit enfin soulagé. Il l'avait échappé belle, mais il était hors de danger. Il avait réussi à se débarrasser de la tête active de l'organisation et se défaire définitivement de ce gang pourri. La ville allait pouvoir continuer de briller de son éclat. Tout le monde pourrait poursuivre son chemin comme avant, l'opinion générale ayant beaucoup évolué sur les communautés sociales minoritaires.

Jim, quant à lui, dans les semaines qui avaient suivi cette longue affaire, reçut la promotion à laquelle il ne se serait jamais attendu, mais qu'il accepta au nom de John Ashton : celle de rédacteur en chef du journal. Il n'avait pas eu besoin de se répandre en intarissable confession. Juste à effectuer son travail, ce dont il pouvait être fier.

Imprimé en France
Achevé d'imprimer en août 2023
Dépôt légal : juillet 2023

Pour

Le Lys Bleu Éditions
40, rue du Louvre
75001 Paris